Beate Dölling & Didier Laget
Küsse kennen keine Grenzen

dtv girl

Beate Dölling & Didier Laget

KÜSSE KENNEN KEINE GRENZEN

Deutscher Taschenbuch Verlag

Von Beate Dölling sind außerdem bei dtv junior lieferbar:
Wirbel um Cello, dtv junior Tigerauge 7714
Auf die Liebe, fertig, los!, dtv girl 7604

Pour tous les amoureux

Originalausgabe
In neuer Rechtschreibung
Dezember 2008

www.dtvgirl.de
Umschlagkonzept und -gestaltung: Yayo Kawamura
unter Verwendung eines Fotos von Jan Roeder
Lektorat: Anke Thiemann
Gesetzt aus der Esperanto 10,5/14
Satz: Greiner & Reichel, Köln
Druck und Bindung: CPI – Ebner & Spiegel, Ulm
Gedruckt auf säurefreiem, chlorfrei gebleichtem Papier
Printed in Germany · ISBN 978-3-423-07612-8

Einer zu Viel

Unser Bus stand schon da.

»Wir sind die Ersten«, sagte Babette. Aber dann sahen wir Tobias auf einer Zweierbank liegen. Er schlief. Typisch. Kapuze bis ins Gesicht. Wir setzten uns hinter ihn, in die allerletzte Bank. Bye bye, Berlin!

Kaum waren Babette und ich im Bus, kamen auch schon Annalena, Swantje, Bobo und Cécile. Bobo hatte sich im KaDeWe schminken lassen, ihr grüner Lidschatten schimmerte wie ein toter Fischbauch. Sie drängelte sich wie immer vor und fläzte sich neben Babette. Babette zog ein Eislöffelchen aus der Hosentasche und fragte, ob sie ihr ein Stück Make-up von der Wange kratzen soll.

»Wehe«, sagte Bobo. »Für diese Perfektion musste ich eine halbe Stunde lang still sitzen!« Sie lachte, laut, wie immer. Bobo war eben überall zu hören und zu sehen. Und Cécile klebte mal wieder an ihr, bewunderte ihre Foundation, den Puder, das Rouge und die Vier-Volumen-Mascara.

»Bobo, jetzt siehst du zehn Jahre jünger aus«, sagte Babette.

»Haha.«

So langsam trudelten auch die anderen ein. Die Jungs maulten, weil wir schon die letzte Reihe belegt hatten und davor schnarchte Tobias. Er hatte seinen Kapuzenkopf an seinen Rucksack gekuschelt. Man konnte sein Gesicht gar nicht sehen. Ich kenne niemanden aus unserer Klasse, der so viel pennt wie Tobias.

»Vielleicht kriegt er zu Hause nicht genug Schlaf«, sagte Annalena.

»Och, der Ärmste!«, sagte Kira.

»Seid ihr alle da?«, rief Dickmann, unser Deutschlehrer durch den Bus. Eigentlich heißt er ja Herr Diekmann, aber weil er nicht gerade der Dünnste ist, nennen wir ihn Dickmann. Der Name hat sich bei uns schon so eingebrannt, dass wir ihn manchmal auch so anreden. Er nimmt uns das nicht übel. Das ist das Tolle an ihm. Dickmann trägt alles mit Humor!

Die Hälfte rief: »Ja!«, wie im Kaspertheater. Die andere Hälfte hatte gar nicht mitgekriegt, was er gefragt hatte und wir von der letzten Reihe sagten sowieso nichts. Wir waren eh nicht zu übersehen.

Herr Diekmann bekam ein Mikrofon vom Fahrer. »Eins, zwei«, sagte er. »Eins, zwei«, und tippte mit dem Finger gegen das Mikro.

»Wäre scharf, wenn der jetzt was singen würde«, sagte Kira.

»Pack die Badehose ein, nimm dein kleines Schwesterlein und dann nüscht wie raus nach Wannsee ...«, sang Bobo laut und falsch.

Herr Diekmann zählte durch, ob wir alle da waren. Das dauerte ewig. Er verzählte sich, weil immer einer dazwischenquatschte.

»Einer zu viel«, sagte er beim ersten Durchgang.

»Okay«, sagte Bobo und fing wieder an, diesen Berlin-Hit von *Icke & Er* zu singen: »Ick bleib in Berlin … ick broch keen Hawaiiii …«, mit dem sie uns schon die ganze Woche genervt hatte.

Herr Diekmann verdrehte die Augen und fing noch mal an zu zählen, diesmal von hinten zuerst. Aber er war kaum bei der hinteren Tür angelangt, da kam eine Gruppe Japaner. Sie wollten wissen, wo das Aquadom ist. Es dauerte, bis das verständlich wurde.

»Do you mean the Aquarium?«, fragte Dickmann, schon leicht genervt.

»No, no«, sagte ein Japaner und die ganze Gruppe schüttelte freundlich die Köpfe. Japaner sehen ja immer freundlich aus, auch wenn sie die Köpfe schütteln.

»Aquadom«, beharrte ihr Sprecher.

»Also no Aquarium?« Diekmann betonte jeden Buchstaben. Die Japaner schüttelten wieder die Köpfe.

»No fish at all?«

»Yes, yes, fish!«, sagte der Japaner und die Gruppe nickte freundlich. Wir starrten wie die Fische auf die kleinen Männer in Anzügen, da zückte einer von ihnen einen Fotoapparat und fragte:

»May I take a foto?«

»Yes!«, kreischte Bobo und warf sich in Pose. Anstatt »Cheese« oder »Spaghetti« zu sagen, sagte sie »Sushiiii« und die ganze Reihe prustete los. Die Japaner knipsten.

»Is this a German class?«, fragte ein Japaner.

»Yes«, sagte Dickmann und seufzte.

»And where is the Aquadom?«

»Fragen Sie doch den Bus da drüben«, sagte Dickmann und zeigte auf so eine moderne Rentnerkutsche. »The tourists will know for sure.«

»Thank you, thank you«, sagten die Japaner, verbeugten sich dabei und zogen lächelnd ab.

Dickmann fing dann noch mal an zu zählen: »Immer noch einer zu viel«, stellte er fest.

»Bobo hat sich im KaDeWe klonen lassen«, rief Helge.

»Das würde ich nicht mal euch antun«, sagte Bobo.

Dickmann kratzte sich an der blonden Halbglatze und sagte: »Na ja, besser einer zu viel als einer zu wenig«, und dann fuhren wir los.

Berliner-Weiße-Küsse

Bis wir aus Berlin raus waren, dauerte es ewig. Ich kann nicht lesen bei so einem Gekurve. Schlafen sowieso nicht. Also guckte ich aus dem Fenster und versuchte noch so viel wie möglich von dieser tollen Stadt mitzunehmen.

Max guckte mich eindringlich an. Andauernd drehte er sich nach mir um. Er wollte ein Zeichen, eine Antwort – wie würde es mit uns weitergehen? Aber ich wusste keine. Okay, wir hatten uns geküsst. Ich konnte es nicht rückgängig machen. Wollte ich auch gar nicht. Die Knutscherei war himmlisch. Aber so richtig erwischt hatte es mich nicht. Liebe musste sich doch anders anfühlen, mit Atemnot und Herzrasen, Kniezittern und Augenzucken.

Ich machte die Augen zu und sah rote und grüne Punkte. Berliner Weiße, Himbeere und Waldmeister. Wer war eigentlich auf die Idee gekommen, dieses Zeug zu trinken? Wir fanden Rot/Grün geil. Also noch eine Runde!

»Ist kein Alkohol drin«, hatte Kim gesagt. Da saß Max schon neben mir. Ich weiß auch nicht, wie er dort hingekommen war. Vorher hatte er noch auf der anderen Seite vom Tisch gesessen, neben Stefan, Sven und Fabi.

»Und was sind dann diese drei Prozent?«, fragte Sven.

»Kaugummianteil«, sagte Max und wir prusteten alle los.

Wahrscheinlich lag es wirklich nicht am Alkohol, sondern der Sirup hatte uns die Gehirnzellen verklebt. Keiner von uns konnte mehr klar denken, also alberten wir nur noch rum. Bobo blubberte in ihre Berliner Weiße, bis Blasenschaum aus dem Glas überlief und Swantje grunzte mit dem Strohhalm den letzten Rest weg. Wir waren alle high, high von Berlin, von dieser coolen Stadt, in der die Brötchen »Schrippen« heißen, man nicht guckt, sondern kiekt und sich auf Verkehrsinseln sonnen kann. »Ick brooch keen Hawaiii, ick bleib in Berliiin …«

Babette und ich wollten später nach Berlin ziehen. Max sagte, er auch.

»Und was wollt ihr hier arbeiten?«, fragte Cécile. »Oder studieren?«

Sie wieder, total realistisch. Es war klar, dass sie nach der Zehnten weiter aufs Gymnasium ging, um ihr Abi zu machen. War schon Schande genug für ihre Familie, dass sie damals nicht gleich nach der Vierten aufs Gymnasium gewechselt hatte. Aber Cécile ist ein Spätzünder, bleibt lieber im Hintergrund, obwohl sie atemberaubend aussieht: lange blonde Haare, Stupsnäschen und super Figur. Sie weiß auch alles, was manchmal nervt, sogar sie selber. Aber sie ist keine dieser blöden Streberinnen, sie hilft einem immer, wo sie kann. Bobo hat schon mal gesagt, sie könne sich doch die drei Jahre Gymmi sparen und gleich Abitur machen und danach Karriere.

»Irgendeinen Job findet man in Berlin bestimmt«, sagte Annalena.

»Klar, bei Schlecker an der Kasse«, sagte Cécile. »Vielleicht findest du auch sonst noch einen geilen Ein-Euro-Job. Berlin ist doch total verarmt!«

»Arm aber sexy«, sagte Helge und wackelte mit dem Hintern.

»Ich werde Eisbärpfleger«, sagte Max. »Dann laufen mir die Frauen nur so hinterher.«

»Tun sie ja jetzt schon«, sagte Sven.

»Neidisch?«

Sven schaute verächtlich in die Mädchenrunde und sagte: »Nö!«

»Oh warte!« Bobo drohte mit der Hand. »Das gibt absoluten Liebesentzug!«

Mit absolutem Liebesentzug ärgern wir unsere Jungs immer, wenn sie fies zu uns sind, strafen sie dann mit demonstrativer Nichtbeachtung und lassen sie auch nicht mehr abschreiben. Für ernsthaftere Turteleien sind unsere Jungs sowieso tabu.

»Wir betreiben doch keine Inzucht«, hatte Bobo mal gesagt und damit war ausgesprochen, was sowieso noch nie passiert war, nämlich dass wir uns innerhalb der Klasse verknallten.

Kaum war die nächste Runde Berliner Weiße auf dem Tisch, klebte Max' Bein schon an meinem. Es wurde mir plötzlich zu warm und dann knurrte mein Bauch. Wahrscheinlich hatte die Berliner Weiße deshalb so reingehauen, weil mein Magen leer war. Aber zu Essen gab es hier nichts, obwohl der Laden »Delicious Doughnut« hieß. Die Musik wurde immer lauter. So langsam stellten sie auf Discobetrieb um. Im Nu war der Laden voll, das Licht wurde runtergedimmt, unser Tisch leerte sich, Bobo, Kira und Annalena tanzten. Die Jungs setzten sich an die Bar in der Hoffnung, Berliner Mädchen kennenzulernen. Nur Max saß noch neben mir und sah mir so tief in die Augen, dass mir schwindelig wurde. Dann haben wir uns geküsst. Es ging ganz von allein. Gleich das große Geknutsche. Ich kriegte noch mit, wie Babette mich angrinste und Cécile mich anstarrte, aber dann verschwanden auch sie und ich war mit Max ganz allein, mitten im Flashlight, dem Sound und der Hitze. Ich weiß noch, dass ich mir sagte, dass ich keine Inzucht betrieb, denn Max war ja eigentlich keiner von »unseren« Jungs, er war erst vor einem Jahr in die Klasse gekommen.

Und dann gab ich mich seinen Küssen hin, die weicher waren als ein Handtuch nach einer Lenorspülung. So was hatte ich jedenfalls noch nie erlebt!

Max guckte immer noch, als wir jetzt auf die Stadtautobahn fuhren. Bobo hatte sich die Ohren zugepluggt, Annalena und Kira blätterten in Frauenzeitschriften, Cécile starrte aus dem Fenster und Babette bot mir ein Kaugummi an. In fünf Stunden würden wir zu Hause sein. Schade, dass ich mich nicht aus dem Bus schmuggeln konnte, ich wäre so gern noch länger in Berlin geblieben. Babette seufzte. Ich sah ihr an, sie auch. Nach unserem Berliner-Weiße-Abend hatten wir uns am nächsten Tag von den anderen abgesetzt und uns durch Berlin treiben lassen. Ich wollte auf keinen Fall mit Max losziehen. Er hatte mich schon beim Frühstück gefragt, ob ich mit ihm zum Badeschiff kommen würde. Er guckte vorsichtshalber auch Babette an, irgendwie niedlich und mutig, fand ich. Aber ich konnte nicht anders und sagte nein. Keinen Bock auf Badeschiff. Was ja auch stimmte. Der letzte Tag war nur für Babette und mich allein.

»Was ist denn jetzt mit Max und dir?«, fragte Swantje.

Ich hatte überhaupt keine Lust, mit Swantje über Max zu reden.

»Nichts«, sagte ich. Zum Glück wurde sie von Annalena abgelenkt. Sie wollte ihr einen Artikel über Orlando Bloom vorlesen. Wir tauschten Plätze. Cécile kam auf die andere Seite von Bobo und saß jetzt neben Babette.

»Du willst also nicht mit ihm gehen?«, fragte Cécile, wenigstens so leise, dass nur Babette und ich es hörten.

»Doch nicht mit Max«, sagte ich hinter vorgehaltener Hand.

»Ja, warum eigentlich nicht?«, fing jetzt auch Babette an.

»Irgendwie liebe ich ihn nicht. Nicht richtig. Ich weiß auch nicht.«

»Und woher weißt du das so genau?«, fragte Cécile.

»Weil ich das spüre. Verliebtsein muss sich doch viel größer und aufregender anfühlen. Mit Schüttelfrost und schlaflosen Nächten, weil man sich so nach ihm sehnt …«

»Du hast geschnarcht letzte Nacht«, sagte Babette.

»Ich schnarche nie«, sagte ich.

Babette schmunzelte.

»Aber war es denn nicht total schön?«, fragte Cécile.

Ich konnte die Sehnsucht aus ihrer Stimme hören. Cécile hatte sicher noch nie jemanden geküsst, sonst hätte Bobo das schon rumposaunt.

»Doch!«, sagte ich.

»Dann kommt die Liebe bestimmt noch«, sagte Cécile.

»Nee«, sagte ich. »Ich steh nicht auf Vernunftehen.«

Bobo zog sich die Stöpsel aus den Ohren. »Worüber redet ihr?«

»Nichts«, sagte Babette, bevor ihr Cécile stecken konnte, dass es um Max und mich ging. Zum Glück pluggte sich Bobo wieder zu.

»Also mit Max, das war eine einmalige Sache. Ich glaube nicht, dass ich mich noch mal auf so was einlassen würde.«

»Aber wenn es doch so schön war?«, sagte Cécile und kriegte einen ganz verträumten Blick.

»Nur schön reicht aber nicht für mich.« Langsam hatte ich die Nase voll von dem Thema.

Jetzt mischte sich auch noch Annalena ein. »Sehnst du dich denn gar nicht nach ihm?«, wollte sie wissen.

Ich schaute zu Max, sah seinen Hinterkopf neben Svens Hinterkopf.

»Nein«, sagte ich.

»Also ich könnte keinen küssen, nach dem ich mich nicht sehne«, sagte Swantje.

»Nun lasst mich doch mal in Ruhe!« Ich hatte wirklich genug.

»Das muss jeder selber wissen«, sagte Babette.

»Genau«, sagte Cécile und fügte hinzu: »Also ich müsste da nicht lange überlegen, bei Max würde ich nicht Nein sagen.«

Der Bus bremste scharf.

Tobias' Rucksack flog vom Sitz. Annalena lachte, weil

selbst das Tobias nicht aufweckte. Ich stand auf und schob seinen Rucksack in seine Bankreihe. Tobias rührte sich nicht.

»Wo war der denn gestern, dass der so tot ist?«, fragte sie.

Cécile guckte mich an, mit diesem Blick, als hätte sie einen irgendwobei ertappt. Oder als würde sie einen verbessern. »Tobias ist doch gar nicht mitgefahren«, sagte sie.

Wir guckten sie entgeistert an. Nur Bobo kriegte nichts mit, weil sie zugepluggt war.

»Aua, ja!«, sagte Annalena.

»Ach du meine Güte!«, sagte Swantje.

»Aber wer ist das dann?«, fragte Annalena und machte ein Gesicht, als hätte sich ein Selbstmordattentäter unter uns geschmuggelt. Ich stand noch vorne, bei dem Jungen. Vorsichtig streckte ich meinen Arm aus und tippte an seinen – einmal, zweimal. Beim dritten Mal ein bisschen doller. Endlich rührte er sich und richtete sich langsam auf.

Falscher Bus

Der fremde Junge hob seinen Kopf, streifte die Kapuze ab, guckte mit zusammengekniffenen Augen in die Runde und sagte: »Bonjour!« – War er etwa Franzose, oder was?

Er sah sehr verschlafen aus, hatte Knitterfalten im Gesicht. Mir fielen sofort diese leuchtenden, blaugrünen Augen auf. Seine hellbraunen Haare waren völlig verwuschelt. Er erinnerte mich an ein Eichhörnchen. Er sagte: »On est où?«

Kira wiederholte: »Onéou, onéou?«

Irgendwie reichte es jetzt mit lustig, fand ich. Der Junge schaute mich an. Ich konnte seinen Blick auf meinem Gesicht spüren.

»Où sont mes amis?«

Ich zuckte die Schultern. Ich wusste nicht, wo seine Freunde waren. Er dachte wohl, ich verstünde ihn nicht, aber ein bisschen hatte ich ja nun doch gelernt, in den zwei Jahren Französisch, obwohl sich Französisch bei Madame Maier eher nach Spanisch anhörte.

»Do you speak English?«, fragte der Junge mich jetzt.

»A little bit«, sagte ich, bescheiden wie ich bin.

»My name is Louis«, sagte er mit starkem französischen Akzent. »And your name?«

»Katja«, sagte ich und mir wurde schwindelig, weil er mir

so tief in die Augen guckte. »Tu es Français?«, hörte ich mich sagen.

»Oui!«

Seine schöne Stimme ging mir durch Mark und Bein.

»Bonjour, je m'appelle Cécile«, sagte Cécile hinter mir und strich sich die blonden Haare hinter die Ohren. Sie wurde rot. Aber das machte sie nur hübscher. Normalerweise hält sie sich bei Fremden zurück, aber Französisch ist halt ihr Schicksal. Ihr Vater ist Oberstudienrat am Graf-Stauffenberg-Gymnasium, Fachbereich Französisch. Madame Maier redet von ihm so ehrfürchtig, als wäre er der einzig große Kopf in ganz Osnabrück. Vielleicht ist er das ja auch.

Louis lächelte Cécile an. Cécile strich sich noch mehr blonde Haare hinter die Ohren und machte einen auf schüchtern. Dabei hatte sie sich das schärfste Top der ganzen Klasse gekauft, himbeerfarben und eng wie eine zweite Haut. Zum Glück hatte sie das jetzt nicht an.

Louis wurde von Bobo abgelenkt. Sie hatte ihren iPod abgeschaltet. Klar, sie brauchte ihre Dosis Aufmerksamkeit. Sie versuchte ihr Glück auf Französisch. Sehr laut und sehr falsch. Louis verstand sie nicht, was alle witzig fanden. Unsere Jungs reckten die Köpfe.

»Sprichst du Deutsch?«, fragte Annalena Louis.

»Ein klein Bissen«, sagte Louis. Um mich herum lachten alle los. Er verzog das Gesicht so süß, als wäre er beleidigt, aber er war es nicht. Er hatte sehr lange, geschwungene Wimpern. Dann erzählte er uns auf Französisch, Englisch und Deutsch, dass er mit seiner Klasse in Berlin war.

»Für funf Tagen.«

Heute wollten sie zurück nach Paris fahren, aber er sei wohl in den falschen Bus gestiegen – obviously. Er schaute sich um.

»Kommst du aus Paris?«, fragte Babette.

Die Jungs hatten sich herangepirscht, drängelten sich zwischen uns. Herr Diekmann versuchte, an ihnen vorbeizukommen, und stieß überall mit seinem Bauch an.

»Ein Pariser!«, rief Sven und alle Jungs platzten los vor Lachen.

Armer Louis! Er schaute ganz verwirrt.

»Leute, wir haben einen echten Pariser an Bord«, verkündete nun auch Helge, der gern alles nachplappert. Gewieher der Jungs. »Yeah, he looks very gummy.«

»Wer hier wohl Gummi im Kopf hat!«, fuhr ich ihn an. Jetzt prusteten die Mädchen los.

»Was sagt er?«, fragte mich Louis.

»Nothing. He is stupid«, sagte ich und schaute Helge böse an. Max stand neben ihm und sah mich an. Dann schob sich Herr Diekmann an uns vorbei.

»Ach, du meine Güte. Du bist also mein einer Schüler zu viel?« Er übersetzte es gleich ins Französische. Es hörte sich sehr Deutsch an. Louis schien ihn auch nicht zu verstehen. Er fragte: »Wie bitte?«

»Okay«, sagte Dickmann. »Umso besser, wenn du Deutsch sprichst. Ich bin schließlich Deutschlehrer und nicht Französischlehrer.«

»Sein Mathe ist auch nicht so toll«, rief Bobo dazwischen. Jetzt platzte die ganze Klasse los. Herr Diekmann ging nicht darauf ein. Er stand vor Louis und wusste nicht, was er sagen sollte. So sah er jedenfalls aus.

»Wolltest du nicht nach Frankreich?«, sagte er schließlich – ganz unser Dickmann. In jeder Situation einen Scherz auf Lager.

»Ja, aber ich verstan nicht, was ist passiert«, sagte Louis.

»Ich auch nicht«, sagte Dickmann. »Nur dass du im falschen Bus bist.«

»Besser im falschen Bus als im falschen Film«, grölte Sven. Wieder Gewieher der Jungs.

Dickmann sagte: »Also, lasst uns mal ganz von vorn anfangen. Du heißt Louis.

»Oui, je suis Louis de Funès«, sagte Fabi, unser Klassenkasper.

»He is very funny«, sagte Dickmann und verdrehte die Augen. Dann redete er mit Louis weiter auf Deutsch, sehr langsam, jedes Wort betonend: »Wir sind auf dem Weg nach Os-na-brück. Und dein Bus wird wohl auf dem Weg nach Pa-ris sein. Die Frage ist, wie kriegen wir dich jetzt in den Bus nach Pa-ris?«

»Vielleicht ich kann ein Freund anrufen und ihn sagen, dass ich bin verloren und will mit der Professor sprechen.«

»Mein Gott ist der niedlich!«, kreischte Bobo.

»Gute Idee«, sagte Dickmann. »Ich würde dann gern mit deinem Professor, äh, Lehrer sprechen. Spricht er Deutsch?«

»Non«, sagte Louis. »Er ist Professor der Mathematik.«

Dickmann seufzte. »Na ja, irgendwas werden wir schon arrangieren.«

Louis zog sein Handy aus der Tasche und wählte eine Nummer.

»Vincent?«, sagte er. »Salut c'est Louis …«

Es war mucksmäuschenstill. Wir lauschten. Von Vincent erst mal nur Lachen. Dann verstand ich, dass Vincent Louis' Kumpel war und Louis mit ihm über uns redete. – Er wäre inmitten schöner Mädchen.

»Oh la la«, sagte jemand.

Ein paar Mädchen guckten sich gegenseitig an und fingen an zu kichern. Mir wäre es lieber gewesen, er hätte nur über EIN schönes Mädchen geredet. Über mich!

Nun kam der Lehrer ans Telefon. Louis hielt Dickmann sein Handy hin. »Meine Professor will mit Sie sprechen.«

Das dauerte eine ganze Weile. Ich verstand, dass Louis' Klasse noch am Alexanderplatz war und auf Louis wartete. Dann fingen sie an zu verhandeln. Louis verdrehte die Augen und setzte sich hin: Ich setzte mich neben ihn. Kaum saß ich, kam Bobo mit Cécile und sagte: »Rück mal 'n Stück.«

Zuerst schob sie Cécile auf die Bank, dann pflanzte sie sich hin. Ich rückte sehr nah an Louis ran. Ich konnte mein Herz hören, seine Wärme spüren. Seine Haare waren immer noch verwuschelt, bis über die Ohren.

»Na los, frag ihn aus!«, drängte Bobo Cécile. Cécile beugte sich an mir vorbei zu ihm rüber und plapperte auf Französisch los. Louis hing an ihren rosa Lipglosslippen. Da war ich Sven nicht mal böse, als er die beiden unterbrach und sagte: »Hey, Pariser, willst du ein Gummi?«

»Er meint ein KAUgummi«, sagte ich. »Kein …, äh, also …«

Oh Gott, jetzt wurde ich auch noch rot. Und ausgerechnet in diesem Moment guckte Louis mich wieder so an wie vorhin, so tief, als gehörte dieser Augenblick nur uns beiden allein. Meine Beine wurden weich, ich bekam Atemnot und mein rechtes Auge zuckte.

Gescheiterter Austausch

Herr Diekmann gab Louis das Telefon zurück. Es war ein iPhone, also eins von diesen abgefahrenen Dingern, womit man im Internet surfen, Mails schreiben und Filme gucken kann. Hab ich natürlich als Letzte geschnallt. Die Jungs reckten gleich die Köpfe. Sven fragte Louis, ob er sich das geile Teil mal anschauen dürfe. Ich übersetzte Louis, was Sven meinte, kam mir vor wie eine Vermittlerin zwischen einer Horde Primitiver – unsere Jungs – und den Zivilisierten – Louis, Babette und ich. Unsere Jungs waren völlig aus dem Häuschen, als sie das Telefon bekamen. Als hätte man ihnen bunte Glasperlen geschenkt.

Herr Diekmann erklärte Louis mit Händen und Füßen, was er gerade mit seinem Lehrer ausgemacht hatte: »Also, du fahren mit uns bis zur nächsten Raststätte und dort wir warten auf deinen Bus.« Dickmann kratzte sich an der blonden Halbglatze und guckte auf die Uhr. »Bus müsste so in einer Stunde da sein. Und dann tauschen wir dich aus. Voilà!«

»Sie können ganz normal mit ihm reden«, sagte Cécile. »Das ist ja sonst ausländerfeindlich.«

Herr Diekmann verdrehte die Augen.

»Vielleicht wir kommen ja in eine *Bouchon*«, flüsterte Louis mir zu und es dauerte ein Weilchen, bis ich kapierte, was er mir mit Gesten zu verstehen geben wollte: einen Stau. Ich seufzte. Genau das hatte ich auch gerade gehofft: Stau, Unfall, Massenkarambolage – mir war alles recht, Hauptsache diesen süßen Franzosen nicht so schnell loswerden!

Die Jungs versuchten gerade, mit Louis' Handy ein Video zu drehen. Bobo, Cécile, Swantje und Annalena wollten unbedingt gefilmt werden. Wenigstens waren jetzt alle beschäftigt und ließen Louis in Ruhe.

Wir kamen in keinen Stau. Leider. Wir waren sogar schneller an der Raststätte als vorgesehen. Beim Aussteigen streifte mich Louis Hand. Es fuhr mir durch den ganzen Körper. Ich traute mich nicht, ihn anzuschauen, mein Kopf war bestimmt knallrot.

Wir hingen mindestens eine halbe Stunde auf dem Rastplatz rum. Es roch nach Pommes, Öl und Benzin. Neben dem Bus standen jede Menge LKW aus ganz Europa. Autos kamen, parkten und fuhren wieder ab.

Bobo fing an sich zu dehnen und streckte ein Bein in die Luft, versuchte einen Fuß in die Hand zu nehmen und das Bein durchzustrecken. Wir wissen alle, dass Bobo das kann. Babette und ich können das auch, aber wir müssen das nicht jedem zeigen. Normalerweise macht Cécile Bobo alles nach, aber jetzt wich sie keinen Zentimeter von Louis' Seite. Louis lächelte sie wieder so schelmisch an. Warum tat er das? Er hatte doch eben MEINE Hand berührt. Täuschte ich mich etwa in ihm und er war einfach nur nett zu allen?

Jetzt amüsierte er sich sogar über Bobos Gymnastikübungen. Das heizte Bobo natürlich noch weiter an. Und Cécile konnte sich nun auch nicht mehr zurückhalten.

Das war nicht mitanzusehen! Babette und ich stellten uns ein bisschen abseits. Helge entdeckte einen Ferrari auf dem Parkplatz und schon liefen alle hinter ihm her, Ferrari angucken. Louis schaute nur gelangweilt. Autos schienen ihn jedenfalls nicht zu interessieren. Wie sympathisch!

»Wer kommt mit aufs Kloho?«, rief Annalena.

Bobo und Swantje riefen: »Ihich!«

Babette sagte, sie müsse auch, wollte mit mir gehen. Aber ich konnte doch Louis nicht mit Cécile ganz allein lassen!

Sie streckte die Arme gerade so hoch, dass man ihren flachen Bauch sah.

»Geh du ruhig«, sagte ich zu Babette.

Sie schnallte sofort, was ich erhoffte, nämlich dass ich mit Louis allein zurückblieb. Sie fragte Cécile: »Kommst du mit?«

»Nö«, antwortete Cécile und dehnte sich noch ein bisschen. Babette musste nötig. Mist! Jetzt stand ich links von Louis und Cécile rechts von ihm. Wenigstens war ich näher an seinem Herzen, dachte ich und sah, wie sich ein Bus näherte und neben uns parkte. Es war zum Glück nicht Louis' Bus.

Er atmete auf, schaute mich an. MICH! Nicht Cécile. Jetzt hätte ich in Ruhe aufs Klo gehen können. Aber ich musste nicht mehr.

Wir blieben stehen und Cécile wurde Luft. Auch für ihn.

Er schaute einfach durch sie hindurch, selbst wenn er mit ihr redete. Ich spürte es genau.

Dann kamen die anderen wieder, total am Kichern. Als wenn sie zeigen müssten, wie lustig sie sind. Ich merkte genau, dass sie sich nur wegen Louis so benahmen. Max kam von der anderen Seite, streifte mich mit einem prüfenden Blick und sagte sehr abfällig: »Mädchen!«

»Ja«, sagte Louis und lächelte in die Runde. »In mein Bus war nicht so viel schönes Mädchen.«

»Oho, der Pariser ist ein kleiner Charmeur.« Max legte seinen Kopf auf Helges Schulter und klimperte mit den Wimpern. Ich warf ihm einen verächtlichen Blick zu, der ihm klar machen sollte, dass ich spätestens jetzt bereute, ihn je geküsst zu haben!

Dann wollte Louis aufs Klo. Bobo flüsterte mit Cécile. Meine Chance war gekommen. Ich ging mit Louis zu den Toiletten. Wir gingen nebeneinanderher. Ganz nah, aber ohne uns zu berühren. Trotzdem kribbelte alles in mir. Und im Rücken spürte ich die bohrenden Blicke der anderen.

Max rief hinter uns her: »Hey, Pariser, bist du auch ein Mädchen, dass du nicht allein aufs Klo gehen kannst?«

Louis drehte sich um und sagte: »Was ist so schlecht mit das? Ich liebe Mädchen. Du nicht?«

Das ließ alle verstummen, mich auch. Erst vor den Damentoiletten sagte ich: »À tout à l´heure!«

Er schmunzelte und verschwand auf dem Männerklo. Als ich wieder rauskam, war die Toilettentür von den Männern offen. Ein paar von unseren Jungs standen vor dem Präservativ-Automaten. Sven zeigte auf den Automaten. »Pariser!«

»Haha, sehr wichtig«, sagte Louis.

Sven und die anderen prusteten los. »Das heißt: sehr witzig.«

Helge sagte: »Aber auch sehr wichtig!«

Sie suchten nach Münzen in den Hosentaschen und fummelten am Automaten herum. Mein Gott, unsere Jungs waren echt noch Kinder.

Louis kam raus und strahlte mich an. »Schön, dass du hast für mich gewartet.«

»Auf mich«, sage ich und hätte schreien können: Er ist so süüüüß!

Kaum waren wir draußen, streckte Max seinen Kopf über die Kühlerhaube eines Lieferwagens. Er war echt überall!

»Hey, Louis, dein Bus ist da!« – Wenigstens sagte er nicht mehr »Pariser« zu ihm.

Louis fasste mich bei den Schultern. »Tschuss, Katja«, sagte er und schaute mir tief in die Augen. Dann tupfte er mir je einen Kuss auf die linke Wange, auf die rechte und noch mal auf die linke, so wie man es in Frankreich zum Abschied immer macht. Er wollte gerade losgehen und sich seinen Rucksack schnappen, der noch vor unserem Bus lag, da sah er, dass es gar nicht sein Bus war.

Ich guckte Max böse an. Max war blass, sein Mund stand offen. Hatte wohl nicht damit gerechnet, dass sein blöder Scherz uns zum Küssen brachte.

Louis und ich stellten uns etwas abseits von den anderen, zwischen Shop und Restaurant. Von der blauen Leuchtreklame am Restaurant war eine Birne kaputt und blinkte. Louis' Gesicht schimmerte bläulich. Als der nächste Bus auf den Parkplatz bog, sagte er: »Oh, das ist meine Bus. Ich muss weg. – Tschuss, Katja«, fasste mich wieder an den Schultern und gab mir ein Küsschen links, ein Küsschen rechts und dann wieder links, diesmal sehr nah an meine Mundwinkel.

»Oh, das war nicht meine Bus. Entschuldigung!«

»Macht nichts«, sagte ich. »Aber da kommt dein Bus.«

»Wo?«

Bevor er sich umdrehen konnte, küsste ich ihn. Einmal links, einmal rechts, einmal links – auch ganz nah an seinen Mundwinkeln.

Wir wussten, dass uns alle anstarrten, aber es war uns egal. Die Zeit stand still und wir hätten ewig weitermachen können mit diesen kleinen Mundwinkelküsschen, aber da kam Herr Diekmann auf uns zu.

»Ähm«, sagte er. »Entschuldigt die Störung …«, als Louis mir gerade wieder drei neue Abschiedsküsschen geben wollte, »aber könntest du vielleicht noch mal deinen Professor anrufen und fragen, wo er bleibt?«

»Oui, oui«, sagte Louis und fischte sein iPhone aus der Hosentasche.

Wie sicher seine filigranen Finger über den Touchscreen hüpften, als würde er auf einem Miniklavier spielen. Ich schaute ihm beim Telefonieren zu. Diese Mimik, diese Augen! Ich konnte mich auch an seiner Stimme nicht satt hören. Aus seinem Mund war Französisch keine Sprache, sondern Melodie pur, reinste Musik … noch nie hatte ich so etwas Schönes gehört …

»Und?«, fragte Dickmann dazwischen.

Louis gab ihm ein Zeichen, dass er sich noch einen Moment gedulden sollte, fragte nach dem Namen der Raststätte, wiederholte ihn ein paarmal, lachte dann laut los, als würde ihm jemand einen Witz erzählen. Dann sagte er noch mehrmals »oui, oui, d'accord« und »pas de problème«.

Dickmann trat von einem Fuß auf den anderen und schaute auf die Uhr.

»Und?«, fragte er wieder, als Louis fertig war.

»Es ist eine bissen kompliziert«, sagte Louis und alle drängten sich nun um uns. »Meine Bus wartet auf mich.«

»Schön«, sagte Dickmann. »Und wo?« Er schaute sich um.

»150 Kilometer weg von hier«, sagte Louis.

»Wie bitte?«

Es dauerte ein Weilchen, bis unser Deutschlehrer verstand, dass Louis' Bus auf einer anderen Raststätte, auf einer anderen Autobahn wartete, 150 Kilometer entfernt.

»Ach du Scheiße«, sagte Dickmann.

»Aber vielleicht ich kann bleiben für die Nacht in …«

»Osnabrück«, half ich Louis.

»Und dann?«, fragte Dickmann.

»… fährt er morgen mit dem Zug nach Paris.«

Ich war noch nie in meinem Leben so schlagfertig gewesen.

Louis strahlte mich an.

Nicht schlagfertig genug

Louis musste noch mal mit seinem Professor telefonieren. Dann sprach der Professor mit Herrn Diekmann auf Englisch und dann war die Sache klar: Louis würde mit nach Osnabrück fahren und morgen früh einen Zug nehmen.

Wir stiegen alle wieder in unseren Bus. Ich setzte mich neben Louis. Ihn mit nach Osnabrück zu nehmen, war noch besser, als im Stau stecken zu bleiben. Nur hielt meine Freude nicht lange. Herr Diekmann wollte ihn bei sich übernachten lassen. Aber dann sagte er: »Geht ja gar nicht«, und kratzte sich am Kopf. »Im Gästezimmer sind ja Tante Hilde und Onkel Fritz zu Besuch.«

Er hatte das wohl mehr zu sich gesagt, aber wir hatten es alle gehört und natürlich gab es einige unter uns, die vor Lachen fast zusammenbrachen, wegen Tante Hilde und Onkel Fritz.

Herr Diekmann wurde rot. »Ach, Kinder, nun hört doch mal auf, so albern zu sein. Wir haben hier ein Problem!«

»Ich will nicht sein eine Problem«, sagte Louis.

»Bist du auch nicht«, sagte ich. »Überhaupt nicht!«

»Nein, du bist ein Pariser«, rief Max.

»Jetzt fangt nicht wieder damit an«, sagte Herr Diekmann

und schaute in die Runde. »Mal im Ernst, kann Louis denn nicht bei einem von euch übernachten?«

»Bei mir!«, riefen fast alle Mädchen gleichzeitig, Bobo am lautesten.

Ich wollte ihm gerade anbieten, bei uns auf dem Sofa zu schlafen, da sagte Cécile in eine plötzliche Stille hinein: »Louis kann mit zu mir kommen. Wir haben genug Platz. Unsere Gästezimmer sind zurzeit nicht belegt.«

Gästezimmer! Man höre den Plural!

»Na prima«, sagte Dickmann.

Louis und Cécile wurden gebeten, nach vorn zu kommen, um alles in Ruhe zu besprechen. Herr Diekmann wollte Céciles Eltern anrufen. Ich stand auf und ließ Louis vorbei. Ich kochte!

Ausgerechnet Cécile mit ihrer verdammten Jugendstilvilla. Okay, sie hatte nicht Jugendstilvilla gesagt, aber herumgeflötet wie eine Prinzessin: »Wirklich kein Problem, Herr Diekmann – wir haben Platz genug und mein Vater würde sich freuen, wieder mal einen französischen Gast beherbergen zu dürfen ...«

Sülz. Sülz! Ich hatte meine Chance vertan! Warum war ich vorhin nicht gleich aufgesprungen und hatte laut und deutlich gesagt: »Louis schläft bei uns!«

Ich hätte mich in den Hintern beißen können! Okay, wir haben keine Jugendstilvilla, nur eine Doppelhaushälfte, aber wir haben ein schönes, großes Wohnzimmer, er hätte gut auf dem Sofa schlafen können, oder noch besser: Ich hätte auf dem Sofa schlafen können und er in meinem Bett. Oder meine Schwester Lilli hätte auf dem Sofa geschlafen und er in ihrem Bett, dann wäre nur eine dünne Wand zwischen uns gewesen und er wäre bestimmt noch in mein Zimmer gekommen und hätte sich in den weichen Sessel von Oma gesetzt und wir hätten geredet und gelacht und ich hätte mich auf die Sessellehne gesetzt und gesagt: »Guck mal, da kommt dein Bus«, und ihm drei Küsschen gegeben, und weil ich mich zu ihm herunterbeugen musste, verrutschten die Küsschen, Richtung Mund und dann …

Aber nichts würde verrutschen, ich saß im Bus und hörte, wie über ihn verhandelt wurde und er bei Cécile bleiben sollte!

Dabei spürte ich seine Küsse noch an meinem Mundwinkel und manchmal drehte er sich um und suchte mich mit seinem Blick. Ich schwitzte, ich fror.

Babette schnallte sofort, was mit mir los war: Louis war mit voller Wucht in mein Herz geschlittert. Ich weiß auch nicht, wann das passiert war, aber es war so. Und nun wollte man ihn mir aus dem Herzen reißen. Ich musste tatenlos zusehen, wie Cécile im Rennen um Louis ganz klar vorn lag. Ich war wie gelähmt.

Babette bot mir Wasser an. »Du bist ganz blass«, sagte sie.

Ich trank und sah, wie Dickmann und Cécile auf Louis einredeten. Selbst Max sprach jetzt perfekt Französisch. Ach, auf einmal! Und wie triumphierend er mich dabei anschaute, als würde er sagen: »Wenn du mich nicht willst, kriegst du den Franzosen erst recht nicht.«

Albträume und Herzrasen

Die Nacht war die schlimmste meines Lebens. Ich malte mir aus, was Cécile alles mit Louis machen würde. Ich sah sie in einem weißen, durchsichtigen Nachthemd, mit offenen Haaren und einer brennenden Kerze in der Hand, barfuß durch die Villa schleichen. Sie legte die Hand auf die Klinke, machte leise die Tür auf und huschte in eins von den Gästezimmern. Dort, in der Mitte, hoch gebettet, auf seidenen Kissen, von einem Baldachin beschattet, lag Louis und schlief. Cécile schlich sich näher an ihn heran und senkte langsam ihren Kopf, bis ihre Lippen seine berührten …

Aaaaaaaaaaaaaaaaaaahhhh! Es traf mich wie eine Lanze in die Brust. Ich wälzte mich hin und her, in der Hoffnung, die lästigen Gedanken loszuwerden, aber es kam noch schlimmer: Kaum versuchte ich wieder einzuschlafen, sah ich Louis, wie er sich aus seinem Bett schlich und zu Cécile ins Zimmer ging.

Sie saß auf ihrem Sofa und erwartete ihn. Sie hatte ihre blonden Haare hochgesteckt und ihr blödes neues Top an, das himbeerfarbene aus Berlin, zu dem Max gesagt hatte: »Zum Anbeißen frisch und fruchtig.« – Max könnte ihr von mir aus das T-Shirt vom Leibe fressen, aber in meiner Fantasie sah ich, wie Louis sich neben sie setzte und langsam mit dem Finger über ihr graziöses Schlüsselbein fuhr und ihn unter einen der Spaghettiträger schob …

Ich fuhr auf, schweißgebadet, und knipste das Licht an. Aber das Bild wurde damit nur angehalten, ich wusste, wenn ich mich wieder hinlegte, würde das wie das Drücken einer Play-Taste sein und meinen Wach-Albtraum wieder in Gang setzen. Also ging ich aufs Klo. Ich ging die Nacht dreimal aufs Klo. Im Morgengrauen schlief ich dann endlich ein. Als der Wecker klingelte, fühlte ich mich wie eine ausgelutschte Himbeere. Trotzdem konnte ich nicht schnell genug in die Schule kommen.

Cécile war schon da, umringt von Bobo, Annalena, Swantje und verteilte Louis' Mail-Adresse. Und wie sie schwärmte: Er sei ja so was von niedlich und charmant und es wäre so schön gewesen … Bei diesen Worten schlug sie die Lider nieder und seufzte geheimnisvoll. Am liebsten hätte ich sie angebrüllt: WAS ist denn so schön gewesen, du blöde Kuh!?! Aber dann redete sie von ihrem Vater, wie begeistert er von Louis gewesen sei; Louis spräche ja so ein elaboriertes Französisch, das höre man ja heutzutage gar nicht mehr …

Elaboriert – wie das klang; ich beruhigte mich ein bisschen. Bobo fing auch schon an zu gähnen. Sie hatte noch schwarze Schatten unter den Augen, von der KaDeWe-Schminke gestern. Sie ist nicht gerade der Abschminktyp. Wasserfeste Wimperntusche hält bei ihr eine ganze Woche.

Cécile erzählte gerade, dass sie Louis heute Morgen um 6 Uhr 37 zum Zug gebracht hatten. Um Viertel nach drei würde er dann in Paris sein, dort abgeholt werden und dann brauchte er noch knapp zwei Stunden bis Tours, hatte er mir gestern gesagt – wenn es keinen *Bouchon*, also keinen Stau, gäbe. Er würde also gegen 17 Uhr zu Hause sein.

Der Unterricht tröpfelte an mir vorbei. Ich fühlte mich taub, wie zu lange gefroren. Dabei schien die Sonne und es waren 25 Grad. Babette bot mir ihre Kapuzenjacke an. Ich machte sie bis oben hin zu. Am liebsten hätte ich auch noch die Kapuze aufgesetzt. Es war 8 Uhr 23. Ich musste mindestens noch achteinhalb Stunden auf eine Mail von Louis warten. Wie sollte ich das nur aushalten?

Oder hatte er mir schon eine von unterwegs geschrieben? Dann müsste ich immer noch fünf Stunden darauf warten, bis die verdammte Schule aus war, um ihm zu antworten.

Mein Herz raste. Ich schloss die Augen, fühlte seine Küsse …

Die restliche Fahrt nach Osnabrück hatte er zwischen Cécile und Dickmann gesessen, und als wir ankamen und uns verabschieden wollten, wurden wir von Cécile, Max, Dickmann und noch ein paar anderen völlig in Beschlag genommen, ganz zu schweigen von unseren Eltern, die sich benahmen, als wären wir Drittklässler und das erste Mal allein weg gewesen. Annalena wurde sogar von ihrer Mutter in der Öffentlichkeit geküsst!

Louis und mir blieben nur ausgestreckte Arme, ein Händedruck, ein Blick und der Austausch der Mail-Adressen. Plötzlich wollten alle Mädchen seine Mail-Adresse haben.

»Bringe ich euch morgen mit«, sagte Cécile großzügig und

dann stieg sie mit Louis in den Angeber-Mercedes ihres Vaters. Sie rutschten auch noch beide nach hinten, weil vorne Céciles aufgetakelte Mutter saß.

»Katja, hier spielt die Musik!«, sagte Frau Oberursel. Wir hatten Geschichte. Echt, die könnte sich auch mal ein paar bessere Sprüche zulegen!

Ich kämpfte mich durch den Unterricht, zum Glück war ich nicht die Einzige, die völlig daneben war.

»Das macht wohl die Berliner Luft!«, sagte Frau Oberursel, nachdem sie auch Bobo, Annalena, Swantje und sogar Cécile ermahnt hatte. Die meisten der Jungs pennten, nur Tobias nicht. Der saß da, frisch und munter und konnte nicht glauben, was er alles verpasst hatte.

»Tja, Alter, wärst du mal mitgefahren«, hatte Sven ihm heute Morgen gesagt und ihm auf die Schulter gehauen.

Aber wenn Tobias mitgefahren wäre, hätten wir ihn nicht mit Louis verwechselt und Louis schon in Berlin geweckt – er wäre ausgestiegen und wir hätten uns nicht auf dem Rastplatz geküsst! Ich mochte gar nicht daran denken!

»Katja! Guck doch nicht immer aus dem Fenster.«

»Ja, Frau Oberursel«, flötete ich, ohne den Blick zu wenden. Die ganze Klasse lachte. Und ich wurde knallrot. Prima Morgen, wirklich. Und er zog sich hin wie Wochen.

Sport tut gut

Zu Hause hechtete ich dann gleich an meinen Computer. Nichts – keine Nachricht von Louis. Halbe Stunde später: wieder nichts. Ich hatte so gehofft, dass er mit seinem supersmarten Handy eine Mail von unterwegs schickte.

Mittagessen.

»Was ist los, Katja, keinen Hunger? War Berlin so anstrengend? Komm, iss doch ein bisschen. Und was ist mit Nachtisch?«

Ich will keinen Nachtisch! Ich will eine Mail von Louis!, hätte ich am liebsten geschrien, und ich will nicht, dass er Cécile schreibt!, aber ich hielt meine Klappe.

16:30 Uhr. Mein Posteingang war immer noch leer.

Viertel vor fünf rief ich Babette an, um mich von der Uhr abzulenken. Ich erzählte ihr von Louis, als hätte sie ihn noch nie gesehen.

»Mann, dich hat es ja noch schlimmer erwischt, als ich dachte!«, sagte sie. »Wann treffen wir uns zum Sport?«

»Sport? Äh – was ist das denn?«

»Komm, Katja, das bringt dich auf andere Gedanken.«

»Aber …«

Bei Babette gibt es kein aber. Wenn sie sagt, Sport tut gut, dann tut Sport gut.

»Treffen wir uns halb sechs vor der Turnhalle? – Katja?«

»Jahaaa!«

17 Uhr – immer noch keine Mail.

Okay, dachte ich, wenn er nach Hause kommt, muss er bestimmt erst mal auf die Toilette, seinen Eltern alles erklären und dann seinen Computer hochfahren, meine Mail-Adresse eingeben … Oh Gott, hoffentlich hatte er sie nicht verloren!

Ich legte mich aufs Bett und hörte Amy Winehouse so laut, dass meine Mutter ins Zimmer stürmte.

»Muss das sein, Katja? Du weißt, wir haben Nachbarn.«

Ich drehte die Musik runter. Mama könnte sich auch mal ein paar neue Sprüche einfallen lassen!

17 Uhr 11 – nix.

17 Uhr 13 – wieder nix.

Ich stand auf und packte meine Sportsachen. Suchte meine T-Shirts durch und nahm das hellblaue, enge. Um Viertel nach fünf ging ich aus meinem Zimmer. Aber etwas ließ mich noch mal umkehren. Ich holte meinen Computer aus dem Ruhezustand und klickte auf *Senden/Empfangen*.

Zwei Nachrichten!

Mein Herz schlug hohe Wellen.

Eine Nachricht von Nina, meiner Cousine, die in Hamburg studierte – würde ich später lesen. Und eine Nachricht von LOUIS!

Ich musste erst mal ruhig durchatmen, um sie lesen zu können.

Montag, 17:14

Betreff: Zuruck

Salut Katja,

Ich bin zuruck in Frankreich.

Ich hofe du bist ok. Sag mich wenn du krigst mein email.

Ich warte fur dein mail.

Bises

Louis

Ich warf die Sporttasche auf den Boden und klickte auf *Antworten.*

Da klingelte mein Handy – Babette. »Bist du etwa noch zu Hause?«

»Äh …«

»Wehe du lässt mich warten!«

»Nein, nein, ich bin schon unterwegs!«

Ich musste Louis nur noch ganz kurz antworten.

Montag, 17:18

Betreff: auf dem Sprung

Hallo Louis,

ich habe deine Mail bekommen. Hab mich total gefreut!!!

Ich muss jetzt zum Sport. Bin ab 20 Uhr wieder da. Bises – das sind doch diese tollen Küsschen, die man sich bei euch zur Begrüßung und zum Abschied gibt, nicht wahr?
Ich schick dir auch welche ☺
Bis später oder: À tout à l'heure
Katja

PS. »auf dem Sprung« heißt übrigens: es ganz eilig haben

Ich raste los. Weil ich mein Handy auf dem Schreibtisch vergessen hatte, raste ich noch mal zurück. Dann konnte ich auch schnell auf *Senden/Empfangen* klicken. Mein Herz klickte auch, als ich sah, dass eine neue Mail von Louis da war:

Montag, 17:22
Betreff: springendes bises

Bises sind klein kussen das wir haben gemacht als wir warten fuer mein Bus. Das war so toll. Ich will das mehr machen mit dich. Du auch?
Jetzt schick ich bises »auf dem Sprung« das soll noch dich erreichen bevor dein Sport.
x x x
Louis

Ich rannte zur Turnhalle. Rennen ist gar kein Ausdruck – ich flog! Spürte jedenfalls keinen Boden mehr unter den Füßen. Um Punkt halb sechs war ich da! Absoluter Weltrekord!

»Wieso bist du denn so abgehetzt?«, fragte Babette.

Ich erzählte ihr alles im Umkleideraum.

Babette hatte recht: Sport tat gut. Ich übte meine Kür in Bodenturnen und fühlte mich wohl. Alles reckte und streckte sich von allein. Mein Körper bewegte sich so elegant wie eine französische Gouvernante. Babette staunte, woher ich diese Energie hatte, sie kam sich eher wie ein nasser Mopp vor.

»Du bist ja echt voll verknallt!«, sagte sie. »Das ist dir ja schon lange nicht mehr passiert. Und was ist jetzt mit Max?«

»So was ist mir noch NIE passiert!«, sagte ich. »Und fang doch nicht immer wieder von Max an. Man wird ja wohl mal knutschen dürfen, ohne gleich zu heiraten.«

»Das musst du mir nicht sagen«, erwiderte Babette und legte einen Arm um meine Schulter. Sie hatte gerade eine heiße Knutschbeziehung mit Rafael hinter sich, einem Freund ihres großen Bruders, der sie wochenlang verfolgt hatte, als sie nicht mehr mit ihm knutschen wollte.

»Und jetzt vier Kugeln Straciatella?«, fragte Babette. »Ich lad dich ein.«

Nach dem Sport gönnten wir uns immer ein Eis. Aber heute hatte ich keine Zeit. Ich wollte so schnell wie möglich nach Hause, Mails schreiben.

»Vielleicht schreibt ihm gerade die ganze Mädchenseite«, sagte Babette. »Inklusive Cécile.«

Ich wollte jetzt wirklich los.

»Und was ist, wenn er nur ein Charmeur ist und allen gleich lieb zurückschreibt?«

»Das ist mir egal«, sagte ich, was natürlich die fette Lüge war, aber ich wollte nicht mit ihr diskutieren, ich wollte nach Hause.

»Ich bin jedenfalls nicht in ihn verknallt«, sagte Babette.

»Das weiß ich«, sagte ich. »Und ich bin dir sehr dankbar dafür!«

»Au revoir!« Babette hielt mir ihre Wangen für die *Bises* hin. Aber da war ich schon weg.

Mitternachtsküsse und Erdbeerkuchen

Montag, 20:17
Betreff: süß

Hallo Louis,
ich sitze in meinem Zimmer und esse belegte Brote (= Sandwiches). Was machst du gerade?
Deine Mail mit den »Bises auf dem Sprung« habe ich noch bekommen – VOR dem Sprung. So süß!
Bises
Katja

Montag, 20:27
Betreff: AW: süß

Hallo Katja,
bist du wieder zu Hause? Aber ich soll jetzt den Park durchkreuzen, weil ich essen muss. Meine Mutter und mein Vater erwarten mich schon, weil wir bekommen Gaeste, viele, viele Witzbarone. Wenn ich Pech habe, wir essen den ganzen Nacht. Aber ich schicke dich Mitternachtsbises – entweder vor oder nach Mitternacht, weil DU bist so suess.
Bises Louis

DU bist so süß … DU bist so süß … ich kam über den Satz nicht hinaus! Ihn zu lesen war ein bisschen so, wie Louis zu küssen. Na ja, dreimal darf man raten, was ich lieber getan hätte. Aber nun saß ich hier und aß belegte Brote vor dem Computer und er saß in Frankreich.

Witzbarone – was er damit wohl meinte? Ich kannte nur den Lügenbaron Münchhausen. Ich hätte ihn gern gefragt. Ich hätte ihn gern so viel gefragt. Mist! Jetzt war er weg.

Ich blieb wach bis kurz vor Mitternacht. Das kostete mich alle Kraft, schließlich hatte ich noch ein Schlafdefizit von Berlin.

Eine Minute nach Mitternacht kam eine Mail, aber die habe ich erst am nächsten Morgen gefunden, weil ich hundemüde und sogar ohne Zähneputzen auf meinem Bett eingeschlafen war. Als ich irgendwann im Morgengrauen aufwachte, hab ich mir nur die Decke geschnappt und weitergeschlafen.

Dienstag, 00:01

Betreff: Mitternachtskussen

Katja,

hier kommen Mitternachtskussen:

x x x x x x x

Bist du noch wach?

Louis

Dienstag, 07:23

Betreff: AW: Mitternachtskussen

Guten Morgen,

jetzt bin ich wieder wach – und muss zur Schule. Mist.

Und du?

Danke für die Mitternachtsküsse ☺

Katja

Oh Gott, mir fiel nichts Besseres ein. Morgens fällt mir nie was Gutes ein. Warum wird die Schule nicht auf nachmittags verlegt, dann könnte man morgens ausschlafen und hätte ab mittags brillante Ideen.

In der Schule fehlte Cécile. Ich schickte Babette vor, sie sollte Dickmann fragen, was sie hat.

»Fieber«, sagte Dickmann und machte gnadenlos Unterricht, obwohl wir dachten, die erste Deutschstunde nach Berlin wäre noch zum Erzählen da. Schließlich bringt so eine Klassenfahrt nach Berlin bleibende Erinnerungen. Aber er legte uns verschiedene Berliner Zeitungsartikel auf den Tisch, die wir analysieren sollten.

Ich schwänzte Theater-AG. Rannte, um den Bus zu kriegen. Rannte in mein Zimmer.

»Kannst du nicht mal Hallo sagen?«, rief meine Mutter hinter mir her.

Ich schaltete meinen Computer an.

Senden/Empfangen – Klick!

Keine Nachricht.

Mittagessen.

»Tut mir leid, Mama. Aber ich musste da eben was ganz Wichtiges ...«

»Ist ja schon gut.«

Sie hatte gekocht, Lasagne. An ihrem freien Tag, nur für mich! Ich lobte die Lasagne, bis Mama anfing zu lachen.

»Du bist ja komisch, die letzte Zeit. Und über Berlin hast du auch noch nicht richtig erzählt. Hast du einen Berliner kennengelernt?

»Nein. Einen Franzosen.«

»Wie bitte?«

»Erzähl ich dir später.«

Mütter müssen ja nicht alles wissen. Jedenfalls nicht sofort.

Ich lag auf dem Bett und hörte *The Cure. Seventeen seconds*. Ab und zu stand ich auf und guckte in meine Mailbox. Am Spätnachmittag endlich, endlich ein Lebenszeichen von ihm!

Dienstag, 17:02
Betreff: sport

Hallo Katja,
Wie gehts du?
Ich wollte dir noch fragen was Sport du machst? Ich bin nicht sehr sportiv. Aber ich bin ein gutes Schwimmer.
Wenn ich schaffe, ich gehe einmal ams Tag in die Pool.
Hier ist ein bissen langweilig.
Bises Louis

Dienstag, 17:10

Betreff: AW: sport

Hallo Louis,
wo schwimmst du denn?
Mein Sport ist Boden- und Geräteturnen. Stufenbarren, Schwebebalken, Pferd … verstehst du?
Warum ist es langweilig bei dir?
Bises
Katja

Dienstag, 18:06

Betreff: Meine Langeweile leben

Katja,
in Schule, es ist immer dasselbe. Die Lehrer sind nicht sehr freundlich. Besonders wenn jemand ist zu spaet.
Ich bin in Private Schule und die Schueleren denken dass sie sind sehr intelligent aber sie sind dof. Die Jungen denken nur an Fusseball, Autos und Lindsay Lohan. Fusseball is cool aber nicht immer, nicht jedes Minuten in ein Tag. Vielleicht Lindsay Lohan ist ein guter Saengerin, aber ich find sie zu kommerziell. Die Jungen sprechen auch nicht uber ihre Stimme oder ihre Musik, nur uber ihre Brusten und Hintern.
Und ich kenn nicht die Maedchen, weil sie bleiben zusammen.
Gestern, mein Chauffeur vershleft und will ein Abkurzung gehen, aber die dumme Bentley ist so gross und breit das es kann nicht durch den kleine Dorfen fahren, und es gibt viel

klein Dorfen hier. So gestern meine Lehrer waren sehr sehr unfreundlich, weil ich komme spaet.
Was passiert der ganze tag bei dich?
Vielleicht du kannst in deinen mail eine neues Deutsche wort mich geben.
Viel Bises
Louis

PS: Unser Pool ist eins drinnen und eins draussen.

Dienstag, 18:31
Betreff: Erdbeerkuchen

Hallo Louis,
warum sind die Lehrer bei euch nicht freundlich, wenn es schon eine Privatschule ist? Und warum wirst du mit einem Bentley in die Schule gebracht? Gibt es bei euch keinen Schulbus? Ich fahre jeden Morgen mit dem Bus in die Schule. Echt ätzend! (= super horrible!! ☺)
Und habt ihr etwa einen eigenen Swimmingpool?
Unsere Lehrer sind okay, aber langweilig ist es bei uns auch. Sie reden furchtbar viel und fragen einen immer im falschen Moment. Noch mal: echt ätzend!
»Unsere« Jungs sind auch nicht besser – du hast sie ja kennengelernt! Und Lindsay Lohan kann ich überhaupt nicht ertragen. Ich finde, sie ist nicht mal eine gute Sängerin, und völlig überflüssig, über ihren Hintern oder Busen zu reden!

Was für Musik hörst du am liebsten? Ich liebe zurzeit *Amy Winehouse* und *The Cure*, diese Grufti-Band aus den 80ern. Kennst du sie?
Du hast bestimmt einen iPod. Ich nicht, aber ich wünsche mir einen zum Geburtstag. Sonst passiert nicht viel bei mir. Schule – Hausaufgaben – Musikhören – mit Babette treffen – Sport, vóila!
Ich finde es ganz toll, wie gut du Deutsch schreibst. Mein Französisch ist lausig. Aber ich strenge mich jetzt mehr an im Unterricht ☺
Aujourd'hui, mon mot allemand est: Erdbeerkuchen, den mag ich nämlich am liebsten – gibst du mir auch ein französisches Wort?
Ich denke oft an unsere »klein kussen«, wie du sie nennst ☺ (kleine Küsse), ja, das war sehr schön und ich hätte auch gern mehr davon. Aber wann und wo?
Schreib schnell!
x x x
Katja

PS: Rate mal, was die drei x bedeuten!

Dienstag, 18:44
Betreff: Ein moment bitte

Katja,
ich will der langest email des welt schreiben, so ich habe viel Zeit notig. Warte ein bissen.
Bises Louis

Dienstag, 18:46

Betreff: AW: Ein moment bitte

Louis, »ein Bissen« ist »morceau«.

Du meinst: warte »ein biss c h en.« (un peu)

Ja. Ich warte, aber lass mich nicht zu lange warten. ☺

x x x

Katja

Die längste Mail der Welt

Ich feilte meine Fingernägel. Ich wischte Staub auf dem Bücherregal. Ich räumte den Berg Klamotten vom Sessel. Ich ging in die Küche und machte mir eine Apfelschorle. Papa kam vorbei.

»Na, alles klar?«

»Ja«, sagte ich. »Alles bestens!«

Er lächelte sein stolzes Vaterlächeln. Lilli, meine kleine Schwester, nutzt solche Gelegenheiten gleich aus, um mit ihm zu kuscheln. Okay, das kann man mit elf noch machen, aber nicht mit fast vierzehn! Ich wollte mit jemand anderem kuscheln. Traumwandlerisch ging ich die Treppe hoch, sah Louis und mich schon auf meinem Bett liegen. Alles war weich, die Kissen, sein Lächeln, seine Lippen. Dann stolperte ich und die Apfelschorle schwappte über. Ich hatte jetzt keine Zeit, einen Lappen zu holen, denn vielleicht bekam ich genau in diesem Moment die längste Mail der Welt von ihm. Ich wischte mit dem Fuß das Gröbste weg, ging in mein Zimmer – leider doch noch keine Antwort.

Ich zupfte meine Augenbrauen, probierte meine neue schwarze Bluse an, versuchte mir die Haare hochzustecken, aber die Klammern waren zu klein und jede Menge Strähnen fielen heraus. Das sah auch nicht schlecht aus, wie jemand aus dem 19. Jahrhundert, der durch Wind und Wetter geritten ist.

Ach Louis!

Was er mir wohl schrieb?

21:35 Uhr.

Lilli ging ins Bett. Sonst kam sie meistens noch in mein Zimmer, setzte sich auf mein Bett und gab mir gute Ratschläge. Wie man am besten abgucken kann, ohne dass die Lehrer es merken, und dass ich nicht immer so krumm am Tisch sitzen soll, sonst kriege ich später mal einen Buckel. Und dann hinkte sie krumm durch mein Zimmer, um mir zu zeigen, wie ich dann aussähe. Echt nervig. Aber jetzt, wo ich ein bisschen Ablenkung gut hätte gebrauchen können, kam sie natürlich nicht. Schade!

Was sollte ich denn jetzt noch machen?

Ich drückte mir ein paar Mitesser aus. Damit hätte ich lieber nicht anfangen sollen, denn nun hatte ich rote Punkte auf einer geschwollenen Nase.

21:47 Uhr

Um 21:48 klingelte das Telefon. Mein Telefon!

Natürlich hatte ich Louis meine Handynummer gegeben – er mir auch seine, aber ich hatte sie noch nicht gespeichert. Auf dem Display erschien keine Nummer. Oh Gott, wenn das Louis war?

»Hallo?«, sagte ich so ruhig wie möglich.

»Hallo«, ertönte eine Jungenstimme. Häh? Die kannte ich doch!

»Hier ist Max.«

Ach du meine Güte.

»Ich ... ich wollte nur mal fragen, wie es dir geht?«

»Öh, mir geht es blendend.« Ich weiß auch nicht, wieso mir dieses blöde Wort einfiel.

»Und was machst du gerade?«

»Och, nichts Besonderes.«

Pause. Ich wollte nicht mit Max reden. Aber Max mit mir. »Ich dachte, wir könnten uns vielleicht treffen und ein bisschen spazieren gehen ...«

Oje!

»... das fände ich total schön.«

»Öh, ich meine ... ich habe aber heute keine Zeit ...«

Er lachte. »Heute ist es ja auch schon ein bisschen spät, aber wie wär's mit morgen? Wir könnten am Kanal entlanggehen, ich würde meinen Hund mitnehmen. Kennst du meinen Hund?«

»Nein.«

»Ein Golden Retriever. Croissant. Wir könnten ...«

Ich drückte zufällig nebenbei *Senden/Empfangen* und da war eine Mail. DIE Mail von Louis!

»Max«, unterbrach ich ihn. »Ich kann morgen nicht. Und jetzt muss ich unbedingt ... pardon ... Lass uns ein andermal darüber reden, ja?«

Was blieb ihm anderes übrig, als »okay« zu sagen? Er tat mir leid, als ich ihn wegdrückte, ich hätte wirklich gern seinen Hund kennengelernt, aber keine Viertelminute später hatte ich ihn samt Haustier komplett vergessen. – Kein Wunder, bei der Mail!

Dienstag, 21:50

Betreff: Der langest email des welt

Hallo suesse Katja,
ich liebe deine email lesen. Ich habe sie zen oder zwanzig mal gelest und muss dein Fragen antworten.
> Was machst du denn den ganzen Tag?
Ich lese viel,
hoer musik,
Surf an der web,
Wander ins park.
> warum sind die Lehrer bei euch nicht freundlich?
Weil wenn ich traume in der Unterricht, sie stoeren mich dabei immer. Ausserdem sie konnen gar nicht freundlich sein, weil sie sich anziehen so wie Sargtraeger.
> Und habt ihr etwa einen eigenen Swimmingpool?
Ja. Zwei.
> Hast du einen iPod?
Nein. Ich habe Zwei. Ein Weisse mit 80 giga und ein Rot. Ich weiss nicht was ich habe getan mit den rot, villeicht habe ich in den Stall gelassen. Seitdem, Cinderella trabt viel besser in Rhythmus. Cinderella ist der weisse Pferd von mein Mutty.
So, ja ich habe ein iPod. Jetzt wieder.
Suesse Katja, wann ist dein Geburstag?
> Was für Musik hörst du am liebsten? Ich liebe zurzeit Amy Winehouse und The Cure, diese Grufti-Band aus den 80ern. Kennst du sie?
Ich liebe Dub, Reggae und alle Musik das kommt von die Sonne. Grufti? (Ich habe in mein Wortenbuch gesucht) Bist

du Gotish? Du kuckst nicht so. Ich kenne Cure und viel anderes hochbetagte Band. (Ich habe »hochbetagt« in mein Wortenbuch gefunden)

Mein Eltern haben viel Platten. Platten sind dieses praehistorisch schwarze plastic Blatterkuchen damit haben die Leute fruher Musik gehoert: Eurythmics, Joe Jackson, The Clash, Talking Heads, Bowie, Kraftwerk, Bjoerk. Ok Bjoerk ist nicht so praehistorisch und Kraftwerk hatte ein grosse Influenz über der Technoscene und Bowie ueber die Gotish band. Und die Kinderen von The Clash leben in Berlin. Ich mein es gibst viele Bands in Berlin das klingen so wie die Clash. Ok das sind kein hochbetagt Bands. Weisst du was ich meine???? Ich nicht.

> Und warum wirst du mit einem Bentley in die Schule gebracht?

Mein Haus ist in die Mitte von ein riesengrosse Park. Und der Park ist in die Mitte von Nirgendwo so keine Bus kommt hier her. Meine Eltern wollen nicht das ich geh mit mein Fahrrad weil die Schule ist zu weit.

Sie sind nie da. So jedes Morgen, Steve McQueen bringt mich. (Mein Vater nennt ihn so, weil er fahrt so langsam – Steve McQueen ist so eine praehistoric acteur – kennst du ihm?)

Der Park heisst »le parc des amoureux« (der verliebte Park) weil es gibt ein grosse Baum, ein »Libanon Zeder«. Wenn der Baum war klein, mein grosse grosse Vater hat ein Herz mit sein Name und meine grosse grosse Mutters Name eingraviert. Der Baum ist sehr alt jetzt und der herz ist noch da, zwanzig Meter hoch. Schoen nein?

Wenn ich wander, ich liebe der park. Alles ist Liebe. Zum

Beispiel, vorhin ich sass unter die Libanon Zeder, ich war mein iPod hoeren und mein Schulaufgabe machen. Jedes Minuten kriegte ich Haselnussen an mein Kopf. Nach ein Moment ich steh auf und sehe ein grosse écureuil, mit sein Freundin. Sie waren Hazelnussen essen zusammen. Das war so schoen!

Na ja. Dann ich war unter ein Hazelnussbaum, nicht unter die Libanon Zeder.

In Frankreich gibt kein Dativ, kein Akkusativ, es gibt viel accent ueber Buchstaben, aber mit »Voilà« gibt keine ueber den o.

Voilà ☺

Ich danke mein Wortenbuch fuer sein Hilfe!

xxx

xxx

xxx

xxx

xxx

xxx

xxx

xxx

xxx

xxx

xxx

xxx

xxx

xxx

xxx

Louis

PS: Écureil – Was ist das?
Es ist dein franzosisch Wort fuer heute
écureuil ist mit ein accent auf die é

Süße Katja … écureuil … alles ist Liebe … Diese Worte rauschten mir durch den Kopf wie der Wind durch die Libanesische Zeder, auch wenn es ein Haselnussstrauch war. Ach, wie gern wäre ich in Louis' Park, in der Mitte von Nirgendwo.

Mein Gott, wo wohnte er bloß? Und wie? Er hatte einen Chauffeur und ZWEI Pools. Konnte es sein? Oder war er etwa so verliebt in mich, dass er schon abhob, über der Erde schwebte und alles auf dem Weg mitnahm, was ihm gerade so passte?

Ach Louis, du bist so fantasievoll und romantisch! Deine Mails sind pure Poesie! Was spielt es schon für eine Rolle, ob er die Wahrheit sagte oder eine ganze Welt für mich erfand.

Ich wälzte mich von einer Seite zur anderen.

Die längste Mail der Welt … die konnte ich vorhin nicht einfach so beantworten. Ich habe ihm noch gute Nacht gesagt, *kleine kussen* geschickt, und vielleicht lag er ja jetzt auch im Bett, schlaflos wie ich, weil sich alles in ihm und an ihm nach mir sehnte.

Irgendwann musste ich doch eingeschlafen sein, denn mein Wecker piepte mich plötzlich aus meinen Träumen. Ich quälte mich aus dem Bett, kriegte die Augen nicht auf. Also dann heute lieber keine Wimperntusche.

Schlimmer geht's immer

»Guten Morgen!« – meine Mutter.

»Morgen.«

»Wie siehst du denn aus? Ganz verknittert.«

Ich sah in den Spiegel. Tatsächlich! Lauter Kissenfalten im Gesicht. Na prima. Die würden sich jetzt bis zur dritten Stunde halten. Ich gab mir zwei, drei Ohrfeigen, aber dadurch fingen meine Wangen nur an, rot zu leuchten.

»Kann ich mal deine Antifaltencreme haben, Mama?«

»Die hilft nicht bei Knitterfalten«, sagte Mama.

»Auch nicht bei richtigen Falten«, sagte Papa.

Wenn Blicke töten könnten, wäre mein Vater jetzt gerade mit dem Kopf in seine Müslischale geknallt. Und alles wegen mir. Na toll, der Morgen fing ja gut an. Es ging auch so toll weiter. Ich ließ meine Schulbrote auf dem Küchentisch liegen. Das fiel mir kurz vor der Bushaltestelle ein, genau in dem Moment, als mir der Bus vor der Nase wegfuhr. Ohne Schulbrote werde ich aggressiv. Ohne den Bus kam ich zu spät zur Schule. So schnell sitzt man manchmal im Schlamassel, aber es sollte noch schlimmer kommen.

Als ich in die Klasse stolperte, guckten mich alle blöd an. Wir hatten Mathe bei Herrn Kraft.

»Tschuldigung. Bus verpasst«, sagte ich.

Herr Kraft lächelte. Die anderen guckten immer noch blöd. Ich dachte schon wegen meinen Kissenfalten, aber dann flüsterte mir Babette zu, Cécile habe eine Mail von Louis gekriegt und sie vorhin in der Klasse vorgelesen.

Ich zuckte die Schultern. Hatte sie eben eine Mail von ihm bekommen. Er hat ja auch bei ihr übernachtet, da muss er ihr ja eine Mail schreiben, schon allein wegen ihrem hochbegabten Vater. Louis wird sich bedankt haben und das war's.

Max sah mich eindringlich an. So hatte er mich auch angeguckt, kurz bevor er seinen Mund auf meinen zusteuerte. Ich guckte weg. Mir graute schon vor der nächsten Stunde, Französisch. Seit ein paar Wochen saßen Max und ich in Franz zusammen. Madame Maier hatte »die Gang« – wie sie uns Mädchen von der Fensterseite nannte – auseinandergesetzt und Babette neben Sven, Bobo neben Fabi und mich neben Max platziert. Das war vor der Klassenfahrt nach Berlin und damals okay. Aber jetzt war nach Berlin. Jetzt war alles anders. Jetzt hatte ich Louis. ICH und nicht Cécile!

Aber warum fühlte ich mich nur so komisch?

Ich redete mir gut zu: »Katja, es ist alles in Ordnung. Natürlich musste Louis ihr eine Mail schreiben. Er hat schließlich Manieren. Das gehört sich so!« Aber warum guckte Babette so bedröppelt?

»Es ist besser, wenn ich es dir jetzt, sofort, sage«, flüsterte sie mir zu. »Louis hat Cécile jede Menge Küsse geschickt und von einem romantischen Park geschrieben und von liebestollen Eichhörnchen, die mit Haselnüssen werfen.«

»Waaaas?«, rief ich laut.

Herr Kraft drehte sich um und sah mich an. Er hatte die Tafel voller Gleichungen geschrieben. Zum Glück lächelte er.

»Du musst doch nicht schockiert sein, Katja«, sagte er und tippte mit dem Finger auf die Aufgaben. »Das sind doch *peanuts* für dich.«

»Nein, Haselnüsse«, sagte ich und die ganze Klasse brüllte vor Lachen.

Cécile starrte mich an. Mein Herz raste. Ich hielt ihrem Blick stand. Ich glaubte es einfach nicht! Niemals hatte sie mehr als zwei Höflichkeitsküsschen gekriegt.

Babette nahm meine Hand. Ich zog die Hand weg. Es gab nichts, wofür man mich trösten musste.

Dachte ich.

In der Pause zog mich Babette nach draußen. Cécile war umringt von Bobo, Annalena und Swantje. Sie kicherten wie wild.

»Ach wie niedlich!«, sagte Swantje.

Und Bobo stolzierte wie ein Storch umher und flötete mit französischem Akzent: »Wenn ich wander, ich liebe der Park. Alles ist Liebe!«

Ich schaffte es gerade noch, aufrecht an Cécile und den anderen vorbeizugehen, so zu tun, als wäre nichts gewesen. Dabei hörte ich Babette noch sagen: »Katja hat auch Mails von ihm bekommen.«

Sie betonte das »s« bei Mails, damit auch alle mitkriegten, dass es sich um mehrere handelte – das hatte ich ihr gestern Nacht noch gesimst, als ich nicht schlafen konnte. Aber niemand schien davon beeindruckt zu sein. Die blöden Hühner! Dabei war es MEIN Park, MEIN Eichhörnchen, MEINE Liebe!

Ich rannte schnell die Treppe zur Toilette runter, geduckt, als würde man mich steinigen, mit Haselnüssen.

In der Kabine heulte ich mich erst mal aus. Babette war bei mir.

»Ich hab dir ja gleich gesagt, Louis ist ein Charmeur. Der schreibt allen Mädchen. Er hat ja schon im Bus zu seinem Kumpel gesagt, er sei umringt von schönen Mädchen. Sie riss mir Klopapier ab.

Ich schnäuzte mich.

»Mensch, Katja, vergiss Louis und konzentrier dich aufs Hier und Jetzt. Max hat dich so niedlich angeguckt in der Mathestunde. Hast du das nicht gesehen?«

Ich schnäuzte mich noch mal. Diesmal lauter.

»Er hat bestimmt gespürt, dass es dir nicht gut geht«, fuhr Babette fort.

»Lass Max aus dem Spiel«, sagte ich, schloss auf und ging zum Waschbecken. Babette kam hinterher. Einige Mädchen aus der Sechsten standen in der Ecke und rauchten. Mir wurde schlecht von dem Qualm. Als ich in den Spiegel sah, wurde mir noch schlechter. Jetzt hatte ich nicht nur Knitterfalten im Gesicht, sondern auch noch rot verheulte Augen.

»Kannst du mal deine Schminktasche holen?«, fragte ich Babette.

»Hab ich nicht dabei.«

»Dann frag doch bitte mal Bobo. Aber nicht sagen, dass es für mich ist.«

Babette ging los. Ich wartete auf der Toilette, kühlte meinen Puls und meine Wangen mit kaltem Wasser. Ich wollte einfach nicht glauben, dass er Cécile dasselbe wie mir geschrieben hatte. Ich wusste, spürte doch ganz genau, dass diese Worte nur für mich waren. Für mich allein! Cécile gab mit ihrer Mail an, weil sie auch mal im Mittelpunkt stehen wollte, das war doch offensichtlich.

Meine Hände taten schon weh vom vielen kalten Wasser. Endlich kam Babette mit Bobos Schminktasche wieder. Riesiger Beutel mit zig Proben. Ich nahm ein helles Make-up, ein bisschen Puder und Wimperntusche.

»Besser?«, fragte ich Babette.

Sie nickte, aber ich sah ihr an, dass sie schwindelte. Babette weiß eben, wann es angebracht ist, lieber nicht die Wahrheit zu sagen.

»Hab heute morgen verschlafen«, sagte ich zu Bobo, als ich ihr die Schminktasche wiedergab. »Danke«.

»Sieht man«, sagte Cécile. Sie sah frisch und schön aus, wie immer. Ich hätte zu gern die Mail gesehen, aber ich traute mich nicht, danach zu fragen, fand es schon enorm mutig von mir, Bobo und ihrer Meute die Schminktasche persönlich zurückzugeben.

Als ich mich umdrehte und gehen wollte, hörte ich, wie Bobo anfing zu rechnen: »16 mal 3 – das macht …«

»48«, sagte Annalena. Sie war die Einzige von uns, die noch ohne Taschenrechner klarkam. Ich erstarrte fast zu Stein. Genau die Rechenaufgabe hatte ich mir gestern Abend auch gestellt. – 16 mal 3 Kreuzchen waren es genau, also 48 Küsse. Cécile hatte also nicht nur meine Eichhörnchen und Haselnüsse bekommen, sondern auch MEINE *kleine kussen*!

Keine Eichhörnchen

Mittwoch, 22:00

Betreff: keine Eichhörnchen

Louis,
ich weiß nicht, was ich schreiben soll. Ich versuche schon den ganzen Abend, die richtigen Worte zu finden, aber ich finde sie nicht. Als wir uns letzten Sonntag im Bus begegnet sind, war ich mir sicher, da ist etwas ganz Großes zwischen uns, etwas ganz Besonderes. Und nachdem du mir die Mails geschrieben hast, war ich mir sicher, du empfindest genau so stark für mich wie ich für dich. Und als ich gestern deine längste Mail der Welt bekam, war ich so glücklich, ich konnte nicht mal mehr schlafen. Das schreibe ich dir ganz ehrlich, auch wenn ich mich blamiere. Das ist mir scheißegal, weil mir jetzt sowieso alles scheißegal ist, weil du Cécile ja dasselbe schreibst wie mir. Ja, sogar dieselben Küsse schickst!
Louis, ich habe mich so in dir getäuscht!!! Aber ich bin jetzt darüber hinweg. Ich werde auch ohne dich weiterleben.
Leb wohl! Mach's gut. Dies war meine letzte Mail an dich!
Ich werde dich nie vergessen
Katja

Ich warf mich aufs Bett und heulte. Was sollte ich sonst tun? Ausgerechnet heute war Babette mit ihrer Mutter im Theater. Lilli schlief schon und im Fernsehen lief auch nichts, was mich ablenken könnte. Ich hätte jetzt eh nicht mit meinen Eltern im Wohnzimmer sitzen können. Sie würden mich Löcher in den Bauch fragen, weil ich ihnen immer noch keine Einzelheiten von Berlin geliefert hatte. Ich wollte ihnen aber nichts von Max erzählen. Und erst recht nicht von Louis. – Es gab ja auch nichts mehr zu erzählen.

Ich musste mich in den Schlaf geweint haben, denn als ich aufwachte, war es schon Viertel nach elf. Ich stürzte an meinen Computer und drückte auf *Senden/Empfangen* – es war wie ein Reflex, dem ich nicht widerstehen konnte.

Tatsächlich eine Mail!

Eine Mail von Louis! Er hatte sie genau vor einer Stunde abgeschickt.

Mittwoch, 22:15

Betreff: AW: keine Eichhörnchen

Katja, Katja Katja,

STOP!

»Louis, was soll das?«, schrieb ich, löschte es aber gleich wieder. Ich wollte nicht wegen so einer verstümmelten Mail weich werden. Ich hatte ihm alles gesagt und meine letzte Mail an ihn abgeschickt. Und dabei wollte ich bleiben. Jawohl!

Ich ging ins Badezimmer und putzte mir die Zähne, wusch mir mit kaltem Wasser das Gesicht, sagte meinen Eltern Gute Nacht und zog mir mein Schlaf-T-Shirt an.

Hätte ich doch bloß besser im Französisch-Unterricht aufgepasst, dann könnte ich Louis jetzt anrufen und ihn fragen, was los ist!

Mir war schlecht. Als hätte ich eine Tube Zahnpasta verschluckt. Ich ging zum Computer. Wollte ihn nur ausstellen. Aber ich brachte es nicht übers Herz. Was war, wenn Louis mir inzwischen mehr geschrieben hatte? Wenn es irgendeine einfache, logische Erklärung gäbe. Alles nur ein dummes Missverständnis war?

Mein Finger klickte ganz von allein auf *Senden/Empfangen*.

Eine Mail. – Mein Blutdruck stieg!

Eine Mail von Babette. – Mein Blutdruck sank!

Mittwoch, 23:20

Betreff: Französisch und Franzosen

Hallo Katja,

hoffentlich liest du das hier noch. Ich musste die ganze Zeit im Theater an dich denken. Wie geht es dir? Übrigens, auch wenn du im Moment keinen Kopf für alltägliche Sachen hast, du darfst morgen auf keinen Fall mein Französischheft vergessen. Ja? Ich dachte, ich erinnere dich vorsichtshalber noch mal dran, denn wahrscheinlich hockst du die ganze Nacht vor deinem Compi und wartest auf eine Erklärung von dem französischen Hochstapler. Bestell mal schöne Grüße von mir, er soll dich in Ruhe lassen. Du bist viel zu gut für ihn!

Gute Nacht und bis morgen

Deine Babette

Ach Babette, meine liebe Babette … du hast ja recht. Aber sag das mal meinem Herzen!

Oh Gott, jetzt führte ich bereits Selbstgespräche. Und was für welche. So weit war es also schon! Dabei sollte ich mich lieber auf Französisch konzentrieren. Ich hatte es noch nicht mal geschafft, die Hausaufgaben von Babette abzuschreiben. Und jetzt hatte ich auch keinen Nerv mehr. Schon gar nicht auf Französisch! Von wegen, ich hocke die ganze Nacht vor dem Computer und warte auf Mails. Das war einmal. *Imparfait!*

Ich schaltete den Computer aus und ging ins Bett.

Ein Krankenwagen pro Tag reicht

Am nächsten Morgen weckte mich ein Poltern. Dann ein Schrei. Ein Blick auf meinen Wecker sagte mir: 6 Uhr 37. Ich hörte meine Eltern aus dem Bett springen, Stimmen, jemand heulte. Ich sprang aus dem Bett. Meine kleine Schwester lag unten, auf der dritten Stufe und weinte. Lilli war die Treppe runtergefallen. Meine Eltern waren schon bei ihr. Mama im rosa Nachthemd und Papa mit abgeschnittenen Pyjamahosen. Alle redeten auf einmal. Ich verstand nur: »Ruf den Krankenwagen!«

»Ich?«, fragte ich.

Etwas später wurde Lilli auf eine Trage gehoben und in den Krankenwagen geschoben. Sie hatte sich den rechten Arm gebrochen. Mama hatte sich schnell etwas übergezogen und fuhr mit.

Um 7 Uhr 15 rief sie uns an und sagte, dass Lilli am Ellenbogen operiert werden muss. Arme Lilli. Ausgerechnet der Ellenbogen!

Sie war doch wohl nicht auf dem Rest Apfelschorle kleben geblieben, die ich verschüttet hatte? Bei uns wird nur freitags geputzt, um jedem Fleck die Chance zu geben, selbst zu verschwinden oder einzutrocknen.

Ich schmierte mir Brote und wollte den lästigen Gedanken loswerden, ich könnte Schuld an ihrem Sturz gehabt haben. Das Beste, um sich abzulenken, wäre, noch mal ganz kurz zu gucken, ob Louis sich inzwischen ausführlicher auf meine letzte Mail geäußert hatte, obwohl mich das ja nichts mehr anging. Gerade als ich hochgehen wollte, rief Mama noch mal an und sagte, sie bliebe im Krankenhaus, bis Lilli operiert sei und aus der Narkose wieder aufwachte. Papa und ich guckten uns an und wussten gar nicht, was wir tun sollten und die Zeit raste dahin und dann raste ich zur Bushaltestelle und verpasste wieder mal den Bus – und meine leckeren Brote! Wenigstens war Babettes Französischheft in meinem Rucksack, allerdings hatte ich es nicht mehr geschafft, die Hausaufgaben abzuschreiben.

»Je suis, je suis …«

Die krächzige Stimme von Madame Maier drang in meine Gedanken. Ich schaute auf. Sie stand da, guckte in die Klasse, die Arme in die Hüften gestemmt, ihren Kopf schwingend wie eine Schildkröte auf Futtersuche. Wir waren ihr Futter. Bloß nicht angucken, sonst stürzte sie sich noch auf mich! Von der Seite brannten Max' Blicke Löcher in meine Schultern, meine Hüfte, meine Beine. Warum hatte ich nur einen Rock angezogen, auch noch den grünen, kurzen. Max war so nah, zu nah. Ich rutschte mit meinem Stuhl so weit weg, wie ich konnte. Fast saß ich schon im Gang. Die Maier war aber auch zu blöd, uns neben die Jungs zu setzen, als wenn das zur Förderung der Konzentration beitrüge. Im Gegenteil! Vor der Klassenfahrt hatte Max mich mit seinem Lächeln abgelenkt und ich konnte mich nicht an seinen schönen, großen Händen sattsehen. Wie er mit seinem Erdnuss-Radiergummi spielte. Jetzt machte mich dieses Gefummel nur nervös.

»Hör doch mal auf damit«, zischte ich ihm zu.

Er ließ tatsächlich das Erdnuss-Radiergummi in seine Federmappe plumpsen. Dafür nahm er einen blauen Edding heraus und spielte mit dem. Kappe auf – Kappe zu … Ich hätte ihn erwürgen können! Dabei war er so nett zu mir. Außergewöhnlich nett, besonders seit gestern, nachdem Cécile überall herumposaunt hatte, was für eine entzückende Mail ihr Louis geschrieben hat.

Kaum fehlte mir ein Blatt, gab Max mir eins. Fiel mir das Radiergummi runter, winkte er mit seiner blöden Erdnuss. Gestern, in der letzten Stunde, wollte er mir sogar mit dem Rucksack helfen. Wirkte ich etwa so hilflos?

Ich setzte mich gerade und aufrecht auf meinen Stuhl, um Selbstsicherheit zu demonstrieren.

»Je suis, je suis …« Was faselte sie jetzt andauernd im Präsenz daher. »Ich bin … ich bin … – ja was denn? Verdammt noch mal!

Sie guckte mich an. »Je suis … Mademoiselle Katja! Je suis …« Stand vor mir, zeigte auf mich.

Das hatte ich nun von meinem selbstsicheren Sitzen. Und dann dieses blöde Mademoiselle-Getue! Im Deutschen würde es keiner wagen, Fräulein zu uns zu sagen. Dabei ist es ein schönes Wort, Mademoiselle, zergeht auf der Zunge, kommt nur darauf an, aus welchem Mund es kommt. Wenn Louis mir das ins Ohr flüstern würde … HALT! STOPP! Bitte aussteigen, Mademoiselle Katja, Sie sind im falschen Bus!

Babette flüsterte mir von der anderen Seite des Raumes etwas zu, aber ich konnte nicht von ihrem Mund ablesen, was sie meinte. Max versuchte, mich mit seinem Knie anzustoßen, aber ich war zu weit weg. Ich wollte ihn auch nicht angucken. Das war doch viel zu auffällig! Jetzt rückte er auch noch näher an mich heran.

»Je suis ... je suis ...«, forderte Madame Maier wieder.

»Le professeur«, platzte es aus mir heraus.

»Wie bitte?« Es war das erste Mal, dass sie Deutsch in einer Französisch-Stunde sprach.

»Pardon«, sagte ich und formulierte den ganzen Satz: »Je suis le professeur!«

Madame Maier raufte sich die Haare. Wenn Blicke wirklich töten könnten, wäre ich jetzt vom Stuhl gefallen. Blitzschlag. Herzstillstand. Tatütata. Aber ein Krankenwagen am Tag reichte und ich wusste wirklich nicht, was sie von mir wollte. Da fiel mir ein, dass ich meinen berühmten Fehler wieder einmal gemacht und »le« und »la« verwechselt hatte – sie somit als Lehrer und nicht als Lehrerin bezeichnet hatte und das konnte Madame Maier überhaupt nicht ausstehen.

»Je suis la professeur!«, sagte ich. Die ganze Klasse lachte laut los. Ein paar von unseren Strebern schnipsten wild in die Luft. Mir war schon klar, dass der Fehler schwerwiegender Art war, vielleicht sogar nie wiedergutzumachen.

»Écoutez, Mademoiselle Katja!«

Mon dieu, jetzt siezte sie mich auch noch! Und ihr Französisch hörte sich wieder mal so spanisch an, dass jemand von hinten »olé!« rief. Daraufhin traute sich keiner mehr, laut zu lachen. Madame Maier schnaufte bereits. Ich biss mir auf die Lippen. Sie guckte mich an wie ein wilder Stier. Sie wollte immer noch die richtige Antwort von mir. Plötzlich fühlte ich etwas wie einen nassen Finger über mein Bein gleiten. Max hatte sich gebückt und tat so, als suchte er was in seinem Rucksack, dabei schrieb er mit seinem Edding auf mein Bein, meterweit über dem Knie, genau da bis wohin mein verdammter Rock hochgerutscht war. Ich unterdrückte ein Schreien. Madame Maier machte noch einen Schritt auf mich zu. Max stieß sich den Kopf an der Tischplatte, setzte sich wieder auf. Ich riskierte einen Blick auf mein Bein.

»Tu es, il est …«

Wie bitte? Wollte sie etwa nichts anderes als eine Konjugation des Wörtchens »sein« im Präsens, wo wir schon seit Wochen in der Zukunft irrten? Ihr Gesicht war jetzt keine fünf Zentimeter mehr von mir entfernt.

»Dernière chance!«, röchelte sie.

Ich zog meinen Rock so weit runter, wie es ging, und packte meine letzte Chance beim Schopf.

»Je suis, tu es, il/elle est, nous sommes, vous êtes, ils/elles sont.«

»Voilà, Mademoiselle Katja! Ich dachte schon, du hättest dein Gehirn zu Hause vergessen. Oder beim Flirten mit deinem Nachbarn verloren.« Sie rollte die Augen.

Ich spürte, wie ich knallrot wurde! Diese gemeine Kuh!

Da hörte ich Max sagen: »Ihre Schwester ist heute Morgen ins Krankenhaus gekommen«, in einem Ton, als würde Lilli gleich sterben.

Da war Madame Maier aber still. Und ich schaute Max an. Woher wusste er das? Er sagte nichts und lächelte. Und sein Lächeln tat so gut!

In der Pause musste Babette ins Sekretariat, ihren Schülerausweis abholen. Ich wollte mit, aber das hatte sie wohl nicht mitgekriegt und war schon weg. Ich räumte meine Sachen wieder an den Fensterplatz, neben Babettes Stapel.

»Katja?«

Max. Er hatte seinen Rucksack lässig über eine Schulter geschwungen, in der Hand eine Tüte Gummibärchen. Er hielt mir die Tüte hin. Ich nahm ein paar heraus.

»Danke.«

»Ich würd so gern mal mit dir reden«, sagte er.

»Tust du ja gerade«, sagte ich und versuchte, nicht in seine schönen braunen Augen zu sehen, aber an seiner weichen Stimme kam ich nicht vorbei.

»Weißt du noch, der Berliner-Weiße-Abend. Als wir … als wir uns geküsst haben …«

»Natürlich!«, sagte ich schnell und nahm mir noch ein paar Gummibärchen. Ich wollte wirklich nicht über diesen Abend reden und schon gar nicht jetzt und hier, im Klassenraum.

»Also, ich wollte dir nur sagen, dass es für mich wunderschön war und dass es echte Küsse waren und nicht …«, er räusperte sich, »… und nicht ein paar kleine Kreuze in einer Mail. Das ist ein großer Unterschied, das …«

»Hör auf!«, sagte ich. Meine Hände waren schweißnass und klebrig von den Gummibärchen. Ich wollte nicht, dass er unsere Knutscherei mit Louis' »kleine kussen« verglich, wie in einem Warentest: Prädikat Sehr gut …

Louis' Küsse waren mit NICHTS zu vergleichen! Auch die, die ich nie mehr bekommen würde!

»Bitte, Katja, ich möchte mit dir reden.«

»Okay, aber nicht hier.«

»Wollen wir uns heute Nachmittag treffen? Wir wollten doch auch mal mit meinem Hund spazieren gehen. Wie wäre es gegen fünf?«

»Muss ich zum Sport.«

»Und morgen?«

»Morgen weiß ich noch nicht …« Mir war klar, dass ich nicht drum herumkam, mit Max zu reden.

»Wann weißt du es denn?«

»Ach, lass uns nachher telefonieren«, sagte ich und holte meinen Rucksack.

Max und ich gingen zusammen aus der Klasse, rechts den Gang runter. Max blieb neben mir, sagte nichts mehr, war nur da, den ganzen endlosen Flur lang. Es tat so gut, nichts zu sagen, ich hätte immer so weitergehen können, da fühlte ich etwas Warmes auf meinen Schultern. Ich blieb stehen, er nahm seinen Arm sofort wieder weg.

»Ist dir kalt?«, stammelte er.

Was für eine seltsame Frage, es waren schon am Morgen 24 Grad gewesen. Ja, mir war kalt. Zum Glück kam in dem Moment Babette die Treppe herunter und wedelte mir mit ihrem neuen Schülerausweis zu. Ich ließ Max stehen und hakte Babette ein. Wir gingen nach draußen, die Sonne schien, mir knurrte der Magen. Schade, dass mir bei Kummer nicht der Appetit vergeht. Im Gegenteil! Babette gab mir die Hälfte von ihren Käseschnitten ab.

»Das werde ich dir nie vergessen!«, sagte ich, mit Tränen in den Augen.

»Was ist denn mit dir los?«, fragte sie. »Du bist ja ganz blass.

»Hunger«, sagte ich und biss herzhaft in das dick belegte Käsebrot. Babette sagte: »Ich fand es ja total nett von Max, dass er der Maier den Wind aus den Segeln genommen hat.«

»Hm«, sagte ich. Zum Glück war mein Mund zu voll, um zu reden.

Wie in einem echten Liebesroman

Lilli hatte die OP gut überstanden und war aus der Narkose aufgewacht, jetzt sollte sie noch ein paar Tage im Krankenhaus bleiben. Mama redete andauernd davon, was für ein Glück Lilli gehabt hatte, denn sie hätte sich auch beide Arme brechen können oder gar das Genick.

»Ich sag euch ja immer wieder, geht nicht mit Flip-Flops die Treppe runter!«

Mein Magen knurrte. Mama hörte es nicht. Langsam konnte sie aufhören mit den Gräuelmärchen und lieber was zu Essen machen. Sie wollte mit mir in die Stadt fahren, mich zum Essen einladen und dann wieder zu Lilli ins Krankenhaus, Bücher bringen. Damit ihr nicht langweilig wird.

»Ich schaff es nicht mehr bis in die Stadt«, sagte ich und riss den Kühlschrank auf. »Langeweile, Langeweile ...«, murrte ich. »Denk dran, dass du ZWEI Kinder zu versorgen hast. Ich sterbe gleich vor Hunger!« Ich wusste selber nicht, was mit mir los war. Louis war doch nicht durch Essen zu ersetzen! Wenn das so weiterging, sah ich bald aus wie eine Tonne!

Im Nu machte Mama Rühreier. Ich aß eine Riesenportion, mit Brot und Schinken und sauren Gurken. Zum Nachtisch drei Haselnussjoghurts. Dann hielt mich nichts mehr in der Küche. Irgendwas drängte mich in mein Zimmer.

»Fahr du nur«, rief ich Mama von der Treppe aus zu. »Ich hab total viel Hausaufgaben auf. Ich besuch Lilli morgen!«

Ich stürzte in mein Zimmer, warf den Rucksack in die Ecke und schaltete den Computer ein.

Mittwoch, 23:22

Betreff: AW: keine Eichhörnchen

Katja Katja Katja,
STOP!

Das kannte ich ja schon. Aber nicht, wie es weiterging. Und was ich nun las, haute mich um:

Katja, du hast recht, es gibt etwas ganz Grosses zwischen uns, und Besonderes!!!!
Mit den mail an Cécile, du musst mich glauben. Ich habe noch nicht danke gesagt fuer das Abend bei ihre Eltern, und ich bin nicht so gut mit danken. Ich dachte meine mail war zu kurz und nicht so oeflich. So ich copy/paste ein bissen von dein mail in ihre. Du hast recht, der Teil mit das écureuil war fuer dich allein! Entschuldigung, das war bloed von mich.
Aber ich will sie nicht kussen. Nie! Ich moechte dich kussen, aber fuer echt!
Antwort mich bitte.
Louis

Ich kriegte kaum Luft. Konnte nicht mehr atmen. Musste erst mal aufstehen und durch mein Zimmer gehen.

Er hatte mir also noch gestern Abend geschrieben. Zwei Minuten, nachdem Babette ihre Mail an mich abgeschickt hatte. Es war wirklich nur ein Missverständnis! Er hatte Cécile aus reiner Höflichkeit ein paar Sätze aus meiner Mail rüberkopiert. Mehr nicht. Hätte ich doch bloß gestern Abend noch mal in meine Mailbox geschaut, dann wäre mir einiges erspart geblieben. Und Louis auch. Oh mein Gott, wie musste er leiden! Ich fühlte sofort einen starken Impuls, ihn zu trösten.

Ich nahm mein Handy, wollte ihn anrufen, sofort, klappte das Telefon aber wieder zu, konnte ihn nicht anrufen. Was sollte ich denn sagen?

Ich musste mich setzen. Hauptsache alles wurde gut. Und das Wichtigste war doch: Er hatte sofort dieses Große und Besondere zwischen uns gespürt!

Ich hatte es ja gleich gewusst!

Ich juchzte, klatschte in die Hände und dann ging es mit mir durch: »Ooooh, mein süßer, kleiner Louis«, röhrte ich durch mein Zimmer. »Ich glaube dir, ich glaube dir!« Und meine Finger tippten ganz von allein diesen Satz.

Aber dann schwirrten mir plötzlich Zahlen um den Kopf herum: 16 x 3 ... 3 x 16 ... und die 48 tauchte auf, dick und fett vor meinen Augen, wie eine Schmeißfliege. Bssst bsssssst bsssssssssssssssssssssssssssssssssssst.

Um höflich zu sein, hätte er ihr aber keine 48 Küsse schicken müssen.

Was ging hier vor?

Vielleicht war es doch besser für uns, wenn Louis noch ein bisschen weiterlitt.

Ich löschte meinen Satz.

Drehte mich auf meinem Drehstuhl. Hin und her, hin und her. Was sollte ich tun?

Ich musste dringend herausfinden, was genau er Cécile geschickt hat. 48 Küsse konnte man sich schließlich nicht so einfach aus dem Ärmel schütteln. Nicht mal Bobo!

Ich drehte mich auf dem Drehstuhl.

Stieß mir das Knie. Autsch!

Drehte mich anders herum und quetschte mir den linken kleinen Finger zwischen Lehne und Tisch.

So kam ich nicht weiter!

Ich holte tief Luft und schrieb:

Donnerstag, 14:06

Betreff: AW: AW: keine Eichhörnchen

Ach Louis,
was soll ich denn glauben?
Ich weiß, dass Cécile 48 Küsschen von dir bekommen hat!
Katja

Genau sieben Minuten später war seine Antwort da:

Donnerstag, 14:13

Betreff: AW: AW: AW: keine Eichhörnchen

Liebste Katja,
glaub mich! Ich weiss nun was ist passiert!
Ich habe mein »Gesendet« mail geprueffi und sehe, dass

ich habe das ganze Ende von mein mail an dich kopiert und
in Céciles mail gepastet.
Verstehst du? Es ist schwer für mich das erklaeren im Deutsch
aber es ist wahr und wichtig das du glaubst mich.
Was mehr kann ich sagen? Mein franzoesisch Wort fur Heute:
Faire confiance
Louis

»Oh, mon petit Louis«, rief ich durchs Zimmer. »Ich vertraue dir! Ja, ich vertraue dir!« Das war alles ein Versehen, eine Verknüpfung von Missverständnissen, wie in einem echten Liebesroman!

Ich sprang vom Drehstuhl und hopste in meinem Zimmer herum. Meine Mutter klopfte an die Tür und kam rein, ohne auf eine Antwort zu warten. Ich dachte, sie wäre schon längst weg, sie wollte doch zu Lilli.

»Was ist denn mit dir los?«

Zum Glück verkniff sie sich ihren Standardspruch, den mit den Nachbarn.

»Nichts, wieso?«, sagte ich so gelassen wie möglich.

Sie verdrehte die Augen und sagte: »Ich gehe jetzt.«

»Ja«, sagte ich. – Puh! Gut! Ich konnte sie jetzt wirklich nicht gebrauchen.

»Und du besuchst Lilli morgen ganz sicher?«, fragte Mama.

»Ja«, antwortete ich.

»Gut. Ich muss nämlich morgen Frau Schröder vertreten und kann erst nach der Arbeit. Wann gehst du denn?«

»Ich hab bis halb zwei Schule …«

»Na, dann kannst du ja um drei da sein.«

Drei fand ich ein bisschen knapp, weil ich ja nach der Schule noch nach Hause wollte, was essen, aber ich musste meine Mutter endlich loswerden.

»Ja, Mama«, stimmte ich zu. »Um drei.«

Kaum hatte Mama die Tür hinter sich zugemacht, klingelte das Telefon.

Max.

»Hey, Katja! Wie geht's?«

»Gut!!!«

»Schön«, sagte er. Ich hörte seiner Stimme an, wie erstaunt er war. Klar, heute Morgen in der Schule war ich noch ganz anders drauf gewesen.

»Ähm … können wir uns heute nicht nach deinem Sport treffen?«

»Nee, leider nicht. Nach dem Sport gehe ich immer mit Babette Eis essen.«

»Und morgen? Um drei?«

»Um drei muss ich zu meiner Schwester ins Krankenhaus. War übrigens total cool, dass du der Maier heute im richtigen Moment den richtigen Satz gesagt hast.« Als höflicher Mensch wollte ich mich natürlich für seine Heldentat bedanken. Na ja, und ein bisschen vom Thema ablenken.

Max lachte. »Sie hätte dich ja sonst aufgefressen. – Übrigens, ich könnte auch morgen ins Krankenhaus kommen, bin eh in der Nähe, weil ich noch was besorgen muss.«

Ich sagte nichts.

»Katja, ich würde dich wirklich gern sehen und mit dir reden.«

»Ach Max!«

Am liebsten hätte ich gesagt, da gibt es nichts mehr zu bereden, wo ich doch jetzt wegen Louis wieder so sicher war. Warum konnte ich Max nicht einfach sagen, was ich fühlte: Meine Schwäche für ihn war nicht mit der starken Zuneigung zu Louis zu vergleichen. Aber ich sagte gar nichts, feige, wie ich bin.

Max ließ nicht locker. »In welchem Krankenhaus liegt sie denn?«

»Marienhospital.«

»Also morgen gegen halb vier am Marienhospital?«

»In der Cafeteria«, sagte ich schnell, damit ich auf keinen Fall allein mit ihm sein würde.

»Okay«, sagte er.

»Also bis dann.« Ich war froh, endlich auflegen zu können. Ich ging zu meinem Computer und klickte auf *Senden/Empfangen*.

Donnerstag, 14:27

Betreff: AW: AW: AW: keine Eichhörnchen

Meine suesse Katja,
was denkst du jetzt?
schreib schnell!
Dein Louis

Dein Louis. DEIN LOUIS! – Mein Herz hüpfte wie ein Eichhörnchen. Er machte sich Sorgen um unsere Liebe!

Juchuuuuuuuuuuuuuuuuuuuuuuuuuuuuuuuuuuuuu! Ich musste mich beherrschen, nicht wieder Freudentänze aufzuführen, sonst beschwerten sich die Nachbarn wirklich noch. Ich schrieb zurück.

Donnerstag, 14:30

Betreff: AW: AW: AW: AW: keine Eichhörnchen

Lieber Louis,

Verzeihung – Das ist das deutsche Wort von mir für heute.

x x x

Katja

Noch ein Franzose

Lilli saß auf dem Bettrand und ließ die Beine baumeln. Sie hatte rote Wangen und lächelte mich an. Sie trug ein riesiges T-Shirt von Papa, aus dem ihr Gipsarm ragte. Alle möglichen Leute hatten schon ihren Namen auf den Gips geschrieben.

»Die Pfleger sind hier echt schnuckelig«, sagte sie. Typisch meine Schwester, sie hat schon als Kleinkind gern geflirtet.

»Na, dir scheint es ja gut zu gehen.« Ich dachte an die verschüttete Apfelschorle und atmete auf. »Der Gips steht dir auch gut.«

»Danke!« Sie gab mir einen Kuss auf die Wange. In dem Moment kam ein junger Doktor ins Zimmer, gefolgt von zwei Schwestern.

»Hi«, sagte Lilli, als würden sie sich mindestens schon aus dem Sandkasten kennen. Der Doktor schmunzelte.

»Na, Lilli, wie geht es dir?«, fragte er und gab ihr die linke, freie Hand. Lilli stellte mich vor. Der Doktor lächelte wie ein Filmstar und gab den Schwestern nebenbei Anweisungen. Lilli sollte noch einen Tag bleiben.

»Aber nur, wenn es morgen wieder so leckeren Vanillepudding gibt!«, sagte sie und leckte sich über die Lippen.

»Und bitte zwei Portionen Pudding auf den Menüplan setzen. Das ist wichtig für den Heilungsprozess«, sagte der schöne Doktor und zwinkerte Lilli zu. Lilli zwinkerte zurück.

»Lilli!« Meine kleine Schwester war manchmal echt unmöglich.

»Wir freuen uns immer über Patienten, denen es bei uns gefällt«, sagte der Doktor. Mein Gott, er sah aus wie 18. Mir wurde langsam mulmig, weil er mich so intensiv anguckte. Zum Glück alberte er noch ein bisschen mit Lilli und den Schwestern herum. Die beiden lachten und die Schwestern lachten mit und ich reckte den Hals und schaute aus dem Fenster. War das nicht gerade Max, der da unten über den Parkplatz ging?

Der Doktor musste weiter, aber nicht, bevor er Lilli ein Autogramm auf den Gips gekritzelt hatte. Lilli strahlte.

»Hat er nicht eine wunderschöne Unterschrift?«, flüsterte sie mir zu.

Ich nickte. »Sag mal, Lilli, könntest du mir einen Gefallen tun?«

»Was kriege ich dafür?«

»Nichts. Hör zu. Ich habe eine Verabredung in der Cafeteria ...«

»... mit einem Jungen?«

»Klar, denkst du mit deinem schicken Doktor?«

Sie verdrehte die Augen.

»Und ich würde gern, dass du in circa 15 Minuten in die Cafeteria kommst und sagst, dass du mich dringend brauchst.«

»Häh, wieso?«

»Bitte, Lilli!«

»Wieso triffst du dich mit einem Jungen, wenn du ihn in 15 Minuten schon wieder los sein willst?«

»Mach einfach, was ich dir sage.«

Lilli zog die Unterlippe durch die Zähne. »Wie heißt er denn?«

»Max.«

»Sieht er gut aus?«

»Ja.«

»Ist er nett?«

»Ja.«

»Ist er in dich verknallt?«

»Lilli, bitte. Er ist schon da.«

»Okay, Kaka«, sagte sie und grinste. Als sie noch klein war und noch nicht richtig sprechen konnte, hatte sie mich immer Kaka genannt. Stundenlang habe ich vor ihr gehockt und ihr meinen Namen richtig vorgesprochen: »Kat-ja!« Und sie hat mich mit ihren süßen Kulleraugen angeguckt und immer wieder »Kaka« gesagt. Und genauso macht sie es manchmal noch, wenn sie mich ärgern will. Ich war mir plötzlich nicht mehr so sicher, ob es eine gute Idee war, wenn sie in mein Treffen mit Max reinplatzte.

»Na los, geh schon«, sagte sie. »Ich muss noch mal für kleine Mädchen.« Und dann kicherte sie wie blöde.

»Ich hoffe, der Sturz hatte keine allzu großen Auswirkungen auf dein Gehirn«, sagte ich.

»Auf was für ein Gehirn?« Sie prustete los. Ein typischer Lilli-Witz. Manchmal fragte ich mich, ob ihr Verhalten für eine Elfjährige normal ist.

Im Fahrstuhl traf ich einen Jungen, bisschen älter als Lilli, auch den rechten Arm in Gips.

»Bist du die Treppe runtergefallen?«, fragte ich.

»Nö. Vom Pferd.«

Er sagte, dass er westernreite und dass man eigentlich gar nicht vom Pferd fallen könne, weil die Pferde sofort stehen blieben, wenn sie sich erschreckten oder merkten, dass da gerade einer erschossen wird.

»Erschossen siehst du eigentlich nicht aus.«

»Nein. Ich bin nur so vom Pferd gefallen«, sagte er. »Das Western-Pferd kannte sich mit den Western-Methoden noch nicht richtig aus, weil es englisch ausgebildet wurde.

»Verstehe«, sagte ich, verstand aber eigentlich nur Bahnhof, obwohl mir Lilli schon zig Mal den Unterschied zwischen englischem Reiten und Westernreiten erklärt hatte. Ich glaube, beim Westernreiten hatte man einen anderen Sattel.

»Und dann hat es sich vor einer Plastiktüte erschrocken und ich bin runtergefallen.«

Ich erzählte ihm, dass meine Schwester auch ritt, englisch, aber die Treppe runtergefallen wäre und jetzt genauso einen Gipsarm hätte wie er.

»Cool«, sagte er. »Wie heißt sie denn?«

»Lilli. Und du?«

»Etienne.«

»Etienne? Das ist doch ein französischer Name.« Ich spitzte die Ohren.

»Ja, meine Mutter ist Französin.«

Als ich im ersten Stock ausstieg, sagte er, dass er noch ein, zwei Tage bleiben müsste und dass ihm langweilig sei. Ich verriet ihm die Zimmernummer von Lilli und konnte es nicht glauben, dass ich einen Franzosen hier im Aufzug traf. Ob das wohl ein Zeichen war? Dafür, dass ich schnell nach Hause gehen sollte, um nachzugucken, was Louis inzwischen geschrieben hat, jetzt, wo wieder alles in Ordnung war!

In die Hose gegangen

Ich ging durch die Glastür in die Cafeteria. Max war schon da. Er stand am Tresen und wollte sich gerade eine Bionade kaufen.

»Möchtest du auch eine?«

Wir nahmen beide Litschi. Hätte ich gewusst, dass er auch Litschi nimmt, hätte ich Holunder genommen. Er bezahlte, wir setzten uns an einen Tisch ans Fenster. Er hatte ein dunkelrotes T-Shirt an. Das stand ihm sehr gut. Er sagte, ihm würde im Krankenhaus immer schlecht von dem Geruch – dieser Mischung aus Essen, Exkrementen und Desinfektionsmittel.

Ich wollte nicht lange Smalltalk reden. Lilli würde bald kommen. Bis dahin musste alles gesagt sein, nämlich dass er sich bitte keine Hoffnung mehr machen sollte. So einen Berliner-Weiße-Abend würde es nie wieder geben!

»Max«, sagte ich und sah ihn an. »Ich hab dich wirklich sehr gern. Du bist ziemlich nett, hilfsbereit und nicht so tollpatschig wie die anderen aus unserer Klasse.« Ich holte Luft. Max kriegte große Augen. Ich wollte es kurz und schmerzlos machen.

»Wir hatten eine tolle Zeit in Berlin. Ich habe dich wirklich gern geküsst und in dem Moment …«, ich schluckte, sah ihm voll in die Augen, »… in dem Moment war alles richtig und gut. – Es waren auch sehr schöne Küsse …«, sagte ich leise. Mein Gott, was redete ich da? Plötzlich wusste ich nicht mehr, wie es ihm sagen sollte. Ich fing an zu stottern. »Max, ich – ich … also, ich mag dich wirklich« … oh Mist … »du bist echt ein cooler Typ …«

Max strahlte mich an. »Oh Katja, ich bin so froh, dass du das sagst. Ich dachte schon … na ja, also, dass du auf diesen französischen Charmeur reingefallen bist. Aber jetzt ist ja alles wieder gut.«

Bevor ich irgendwas klarstellen konnte, tauchte Lilli auf. Ich dachte, ich sehe nicht richtig! Sie hatte sich total geschminkt. Grüner Lidschatten, Wimperntusche, rosa Lippenstift. Alles mit der linken Hand aufgetragen, das war nicht zu übersehen. Der Lidschatten hing ihr bis auf die Wangen. Sie lächelte wie Germany's next Topmodel und strich sich mit der linken Hand eine Strähne aus dem Gesicht. Sie roch nach einer Mischung aus Blumenwiese und Haarspray. Ihr riesiger Gipsarm kam uns entgegen. Ich hätte laut loslachen und gleichzeitig weinen können. Genauso wie Lilli aussah, fühlte ich mich.

»Hallo Max. Ich bin Lilli. Ich habe meinen Arm gebrochen. Und wie geht es dir?«

Sie streckte Max die linke Hand hin, setzte sich an unseren Tisch und fing gleich an, Max vollzuquatschen. Dabei klimperte sie mit den dick getuschten Wimpern. Ich fasste es nicht! Meine kleine Schwester flirtete mit meinem Date! Ich hoffte, dass Max bald aufstünde und ging. Für eine Aussprache, wie ich sie mir vorgestellt hatte, war es jetzt eh zu spät. Aber er saß da, scherzte mit Lilli, scannte den Raum ab, war fröhlich und nah und dann trafen sich unsere Blicke wieder. Warum musste denn manchmal alles so kompliziert sein?

Lilli redete und redete und war bei ihrem Vanillepudding angelangt.

»Stirbst du auch für Vanillepudding?«, fragte sie Max mit Augenaufschlag.

»Äh, ja – nein, weiß nicht ...«, stammelte Max.

Dann sah ich Etienne an der Cafeteria vorbeigehen. Ich winkte ihm. Er kam näher.

Lilli setzte sich gerade hin.

»Wer ist das denn?«, fragte Lilli.

»Etienne«, sagte ich.

»Noch ein Franzose?«, sagte Max.

Etienne lächelte schon von Weitem. Lilli versuchte, sich schnell den Lippenstift abzuwischen. Oh ha, wohl Liebe auf den ersten Blick?

Etienne kam an unseren Tisch und ich stellte alle vor. Lilli und er fingen gleich an zu quasseln, als würden sie sich schon ewig kennen. Aber Pferdefreunde sind sich wohl immer sehr nah. Als sie gehen wollten, stieß Etienne mit Lillis Gipsarm zusammen und der Rückschlag warf Max' Bionade um. Ein Schwall traf ihn genau im Schoß. Max biss sich auf die Lippen.

»Oh, Entschuldigung!«, sagte Lilli und konnte sich ein Lachen nicht verkneifen. Max sah aus, als hätte er sich in die Hose gemacht.

»Bionade ist ja zum Glück bio«, sagte Lilli, »voll abbaubar.

Gibt bestimmt auch keine Flecken.« Und dann entschuldigte sie sich noch mal.

»Schon gut«, sagte Max und versuchte zu lächeln. »Es war ja zum Glück nicht Holunder.«

Während Lilli und Etienne verschwanden, griff ich zu einer Serviette und wischte wie wild an Max' Hose herum. Schließlich wollte ich hier nicht mit ihm sitzen bleiben, bis die von selbst wieder trocken war. Natürlich kam ich Max dabei sehr nahe und das nutzte er voll aus.

»Katja, du bist so schön«, flüsterte er und wurde ein bisschen rot dabei.

Ich musste schlucken. Das hört man schließlich immer gern, oder?

Als er dann seine Hand auf meine – die mit der Serviette – legte, wurde es mir zu eng. Ich drehte den Kopf weg, Richtung Ausgang und dachte, ich sehe nicht richtig. Eine alte Frau in einem Rollstuhl wurde gerade in die Cafeteria geschoben – von Bobo! Ihr sprang der Mund auf und ich sprang zurück – mit knallrotem Kopf.

»Hey!«, rief Bobo quer durch die Cafeteria. »Ihr beiden – HIER! Seid ihr krank oder was?«

Alle guckten uns an. Bobo parkte den Rollstuhl am Nebentisch und stand jetzt vor uns, grinsend. Die alte Frau brummte etwas.

»Nein, Oma«, sagte Bobo. »Es gibt keine Zigaretten! Du kannst ein Stück Kuchen haben. Schwarzwälder Kirsch oder Frankfurter Kranz oder einen Berliner!« Sie verdrehte die Augen und erzählte uns, dass ihre Oma ein Raucherbein habe, beziehungsweise gehabt hatte, das wurde ihr letzte

Woche eine Handbreit unterm Knie amputiert. »Trotzdem hat sie nichts anderes im Kopf als Zigaretten. Fangt bloß nicht an zu rauchen!«

Ihr Handy klingelte.

»Hi, Cécile! Ich bin im Krankenhaus, meine Oma besuchen. Und dreimal darfst du raten, wer hier vor mir sitzt!«

Bobo kicherte. Ich erstarrte. Cécile erriet es nicht, Bobo half ihr auf die Sprünge: »Unser Berliner Traumpaar!«, platzte sie raus.

»Ich will keinen Berliner!«, knurrte die Oma im Rollstuhl. Bobo reagierte nicht. Sie beugte sich zu uns und sagte: »Schöne Grüße!«

Dann redete sie munter weiter mit Cécile, es ging wohl um einen Nachhilfetermin in Mathe. Bobo machte Zeichen mit der Hand, gab uns zu verstehen, dass sie sich jetzt leider nicht mehr um uns kümmern konnte, bestellte nebenbei Schwarzwälder Kirschtorte für die Oma und merkte wahrscheinlich gar nicht, dass ich rauslief. Ich musste dringend an die frische Luft!

Draußen regnete es. Gut. Ich konnte eine kalte Dusche gebrauchen. Warum hatte ich Max bloß nicht klipp und klar gesagt, dass er sich keine Hoffnung mehr zu machen brauchte? Und warum musste Lilli die Bionade umschmeißen? Ich konnte mir lebhaft vorstellen, was Max und ich auf Bobo für einen Eindruck gemacht hatten. Von wegen Traumpaar! Jetzt dachte Cécile bestimmt, die Bahn zu Louis sei frei! Oder noch schlimmer, sie erzählte ihm, dass Max und ich ein Paar sind.

Ich sah meinen Bus um die Ecke biegen. Ich rannte nicht hinterher. Keine Kraft. Ich musste in Ruhe über alles nachdenken. Was, wenn Cécile Louis wirklich so einen Quatsch erzählte, jetzt, wo doch alles wieder in Butter war zwischen uns.

Mein Gott, ich war auch zu blöd!

Piep piep

Freitag, 17:39

Betreff: Die Vogel singen!

Katja,

Du sollst mich nicht glauben mein Haus ist eine Irrenhaus, aber ich muss dich erzaehlen wie es ist bei mir.

Der Park ist voll mit Vogel. Sie singen viel weil sie sind glucklich. Ich bin auch glucklich aber mache nicht so viel Radau. Trotzdem sie denken das der Delfinschwimmbad (draussen pool) ist ein Trinkpunkt. Der wasser ist bedeckt mit Feder und der Rand mit stinkenden weisse Punkte! Sie sind so viel dass die Pferd wird nervos. So meine Mutty kann nicht reiten und ist auch nervos – »Reiten ist lebenswichtig fuer meine Balance« sagt sie immer.

Der Chauffeur ist nervos, weil heute morgen mein Vater hat ihn gesagt »Ich will keine weisse Kacke sehen auf den Bentley. Sie sind verantwortlich! Wenn das passiert noch mal ich entlasse Sie!«

Und der arm Steve McQueen ist nervos und fahrt schlecht obwohl er weiss das wird nie passieren. Sein Vater war schon Chauffeur von mein gross Vater. Er gehort sowieso in Familie. So alle sind nervos. Ich nicht!

Vogel sind glucklich weil sie haben ein Wasserentnahmestelle

gefunden (Danke Wortenbuch!) und ich, weil ich habe dich gefunden, klein Osnabruecker Vogel.
Das war schoen, nein? Ich bin ein echt Dichter! :-)
Du bist eine Geraeteturnerin, wie machst du das? Mit ein schoene Gymnastikanzug? Blau? Pink? Ohne Gymnastikanzug???
Wann ist dein Geburtstag? Du hast mich noch nicht gesagt!
Willst du dass ich Photos sende?
Mein franzoesisch Wort für heute:
Oiseau
Vogel.
xxxxxxxxxxxxxxxxxxxxxxxxxxxxxxxxxxxxxxxxxxxxxxxxxx
xxxxxxxxxxxxxxxxxxxxxx
xxxxxxxxxxxxxxxxxxxxxxxxxxxx
Du muss nicht durchzahlen, es gibt 100!
Louis

Ich war taub, taumelig vor Freude, vor Glück! »Kleiner Osnabrücker Vogel« – wie schön das klang. Aber ich wollte mich nicht ganz von seinen charmanten Worten einlullen lassen. Irgendwie erzählte er ja auch viel Quatsch zwischendurch, oder? Vorsicht, Katja!, sagte eine Stimme in mir, aber eine andere sagte: Er meint es ernst! Und so schwang ich mich und mein Glück noch ein paar Mal auf dem Drehstuhl hin und her, verbot mir, seine süßen Worte gleich noch mal zu lesen. Ich wollte ihm erst eine vernünftige Mail schreiben, bevor ich mich wieder – ganz und gar – seinen Mailkosungen hingab.

Ich überlegte, ob ich ihm vom Krankenhaus erzählen

sollte, bevor Cécile es tat, klarstellen, dass da nichts ist mit Max. Andererseits gab es keinen Grund, mich zu rechtfertigen. Wofür? Nur in der Schule musste ich Montag schnellstens alles ins rechte Licht rücken, damit sich erst gar keine falschen Gerüchte ausbreiten konnten.

Ich drehte mich noch ein paarmal, ließ einige Minuten verstreichen, bis ich nicht mehr vernünftiger werden konnte; dann konnte ich mich nicht länger zurückhalten und schrieb Louis.

Freitag, 17:47

Betreff: AW: Die Vogel singen!

Louis,
was habe ich mich über deine Mail gefreut! Aber ich habe auch gedacht, vielleicht ist bei dir ja doch eine kleine Schraube locker? Na ja, das meine ich genau so ernst wie du, wenn du mich fragst, ob ich ohne Gymnastikanzug turne :-)
Sag mal, bist du richtig reich? Was machen eigentlich deine Eltern?
Mein Vater ist Gas-Wasser-Installateur und meine Mutter arbeitet zweimal die Woche in der Stadtbibliothek. Ansonsten ist sie zu Hause. Ich habe ja noch eine Schwester, Lilli. Sie ist 11 Jahre alt und echt schnuckelig (guck in dein Wörterbuch). Allerdings spinnt sie auch ein bisschen.
Stell dir vor, gestern früh ist sie die Treppe runtergefallen und hat sich den Arm gebrochen. Das war vielleicht mal ein Schreck! Sie musste operiert werden, die Arme. Aber sie hat es überlebt und im Krankenhaus einen Franzosen kennen-

gelernt, Etienne, der sich auch den Arm gebrochen hat. Allerdings ist er vom Pferd gefallen. Ist das nicht alles verrückt, ich meine, die Ähnlichkeiten? Du bist Franzose, er ist Franzose, deine Mutter reitet, meine kleine Schwester reitet und Etienne fällt vom Pferd …

Schade, dass bei euch alle nervös sind. Versteh ich eigentlich nicht. Wenn man einen Park hat, einen Chauffeur, Pferde, Swimmingpools, dann muss man sich doch nicht von ein bisschen Vogelkacke nervös machen lassen! Gut, dass du glücklich bist und nicht nervös, du kleiner, süßer Dichter, du! (Wie wohnst du denn? Wie sieht dein Zimmer aus? Und: Ja, schick Fotos!!!! Von dir im Swimmingpool.)

Ach, Louis, ich bin so froh, dass wir uns wiederhaben!

Übrigens, ich trage beim Sport eine kurze Gymnastikhose und ein hellblaues T-Shirt – warte mal, ich schicke dir ein Foto. Da sind Babette und ich in der Turnhalle. Und dann schick ich dir noch ein Porträt von mir. Hat Lilli letztens in meinem Zimmer gemacht.

Ich habe am 23. Juni Geburtstag, also in einer guten Woche. Und du?

Schreib schnell zurück, du Vögelchen, piep, piep :-)

Mein Wort für heute ist:

Überraschung

denn deine Mails sind immer Überraschungen für mich!

Ich schick dir 101 Küsse. Mach die Augen zu, dann kommen sie geflogen …

Tschüss

Katja

Aaaah! Ich lehnte mich zurück. Ich war wirklich glücklich. Das erste Mal in meinem Leben. Jedenfalls hatte ich mich noch nie so gut gefühlt: leicht, wie ein Osnabrücker Vogel.

Freitag, 18:30
Betreff: Was passiert hier?

Katjachen (danke an mein deutsche Lehrer fuer den »chen«) – Du musst mit leichte Worten schreiben sonst ich versteh nicht (trotz mein Wortenbuch!).
Meine Vater ist Winzer und ein Sorte Edel. Mein Mutter ist … reich.
Ich habe ein Bruder, Henri, klein, dumm, laut und ruehrig.
Er hat ein riesig Auge in der Mitte von sein gross Kopf.
Aber es geht ihm gût mit sein gruene Farbe.
Mein Familie ist eine sehr alt Familie, Meine gross gross gross gross gross gross vater war der Neandertaler Mensch, nette Typ. Wir wohnen nicht in ein Haus, eher ein Schloss.
Ich habe auch am 23. Juni Geburtstag!!! Ich werde sein 15.
Was fuer Aehnlichkeiten! Ich bin Franzose, Etienne ist Franzose, mein Mutter reitet, Dein kleine Schwester reitet und Etienne faellt vom Pferd.
WAS PASSIERT HIER???!!!!!
Ich denk an dich immer, das kann nicht andauern. Das macht mich glucklich aber es ist auch schwer, weil du nicht bist da! Wir mussen ein Losung finden. Warum nicht ein Tunnel ausgraben zwischen unseren Haus?
XXX
Louis

Post mailum: Kapital X = 1000 Küsse

Ppm: Hier kommts: 1 Photo von mein Schlafzimmer, 1 Photo von mir wenn ich springe in die Pool, 1 Selbstportrait, ich habe gemacht mit mein iPhone und 1 schoen Photo von mein Bruder Henri ☺

Mir zitterten die Finger, als ich den Fotoanhang öffnete. Das erste Foto: Louis vor einem riesigen Spiegel. Das Selbstporträt. Verschmitzt von der Seite! In einem weißen Hemd, irgendwie adelig.

Als ich auf das nächste Foto klickte, hielt ich die Luft an. Wie sah er wohl in Badehose aus? Oder schwamm er etwa nackt?

Es dauerte, bis sich die Datei öffnete.

Was war das denn? Ein total verschwommenes Foto erschien, als wäre der Pool in die Kamera gelaufen. Ein heller Fleck in der Mitte – das konnte alles sein. Louis, du süßer Schlingel!

Das letzte Foto, von seinem Bruder, war eins von dem grünen Monster mit nur einem Auge aus diesem Film, *Monster-AG*. Ich lachte laut los. Plötzlich stand Mama neben mir. Hatte gar nicht mitgekriegt, dass sie geklopft hat. Sie blieb in der Tür stehen.

»Komm ruhig her«, sagte ich und zeigte ihr die Fotos. Aber nicht das Verschwommene, auch wenn es darauf nichts zu sehen gab. Dann wollte Mama natürlich alles wissen.

»Ich wusste doch, dass du verliebt bist, seitdem du wieder aus Berlin zurück bist. Und dann noch in einen Franzosen! Nein, wie romantisch!« Sie seufzte. Sie wollte wissen, wo er wohnte. Sie war ganz aus dem Häuschen, als sie hörte: Loiretal.

»Da sind Papa und ich früher mal hingetrampt und haben uns wunderschöne Schlösser angesehen …« Mama seufzte noch mal ganz sehnsüchtig.

»Sein Vater ist Winzer«, sagte ich. »Von irgend so einer Edelsorte. Und sie wohnen in einem Schloss.«

Mama schrie auf. »Das ist ja wie im Märchen!«

Zum Glück klingelte das Telefon. Es war für sie. Ich wollte ihr nicht noch mehr erzählen, aber ich konnte meinen Mund auch nicht halten. Es war alles so verrückt! Auch noch, dass Louis am selben Tag Geburtstag hatte wie ich! Wenn ich 14 wurde, wurde er 15. Wir waren zwei Krebse. Konnte das Zufall sein? Und dann war er auch noch reich! Es gibt ja jede Menge reiche Leute, nur kennt man die normalerweise nicht. Es war wirklich wie im Märchen.

Keine Party ohne Bobo

Freitag, 19:01

Betreff: Krebse

Hallo Louis,
die Fotos sind toll! Besonders das im Spiegel :-) Du siehst aus wie ein Lord. Aber warum ist denn ausgerechnet das Badefoto von dir unscharf??? Kannst du mir bitte ein neues schicken? Ich erkenne weder den Pool noch dich!
Wir haben also am selben Tag Geburtstag! Du bist genau ein Jahr älter als ich. Wir sind beide Sternzeichen Krebs. Glaubst du an Horoskope? Ich nur, wenn sie gut sind :-)
Und dass ihr wirklich reich seid – trés incredible! Ich kenne niemanden, der reich ist – so reich wie du. Wenn das alles stimmt, was du schreibst. Louis, du erzählst mir doch keinen Quatsch, oder? Also ich glaube dir, dass dein Bruder klein und grün ist und ein Auge in der Mitte des Kopfes hat, aber kann ich dir auch wirklich glauben, dass ihr in einem Schloss wohnt, einen Chauffeur habt und deine Mutter ein eigenes Pferd? Eigentlich ist es auch egal, ob du arm oder reich bist. Nur, dass du das weißt! Ich mag dich so, wie du bist. Und ich würde dich so gern wiedersehen! Ich denke auch andauernd an dich. Und deine Worte vom Mittwoch: *faire confiance*.
Hast du schon angefangen, den Tunnel zu graben? Aber von

Osnabrück nach Tours sind es mehr als 700 Kilometer. Wenn du da durch bist, bist du alt und schrumpelig – oder zum Maulwurf geworden. Und ich eine tatterige Oma. Aber ich werde dich auch dann nicht vergessen, sondern im Schaukelstuhl sitzen und meinen Kindern und Enkelkindern von Louis erzählen. Louis, der damals in den falschen Bus gestiegen ist, mon petit Louis … Nein, lieber keinen Tunnel. Kannst du nicht euren Steve McQueen fragen, ob der dich nach der Schule nach Osnabrück fahren kann? :-)
Was machst du denn an deinem und meinem Geburtstag? Wann bist du genau geboren? Welche Uhrzeit? Ich will so gern eine Party machen. Im Gartenhäuschen meiner Oma. Das ist total toll zum Feiern.
Mein lieber Louis, meine Mutter ruft mich gerade, ich muss ihr helfen, das Eingekaufte auszupacken. Und dann Staubsaugen. Freitagabend ist bei uns immer Hausputz angesagt, weil meine Eltern Samstag und Sonntag keinerlei Arbeit haben wollen. Eigentlich ist meine Schwester dran mit Staubsaugen – sie ist vorhin aus dem Krankenhaus gekommen –, aber sie kann ja nicht mit ihrem Gipsarm. Prima, jetzt muss ich alles machen. Musst du auch im Haushalt mithelfen???? Wahrscheinlich nicht. Wenn ihr einen Steve McQueen habt, dann bestimmt auch eine Mary Poppins und jemanden, der für euch kocht und putzt? Ja, ja, manchmal ist es wohl doch ganz praktisch, wenn man reich ist.
Oh Mann, meine Mutter nervt, ruft mich andauernd! Ich muss jetzt los. Ganz viele Küsse – bis später, Louislein :-)))
Tschüüüüühüüüüss!
Katja

Dann musste ich Staub saugen.

»Was kicherst du denn so?«, wollte Papa wissen. Er putzte gerade das Klo, als ich mit dem Staubsauger um die Ecke kam.

»Sie ist verliebt«, rief Mama aus der Küche. Ich stellte den Staubsauger auf Turbo.

»Was?«, rief Papa, weil er es nicht verstanden hatte. Da fraß der Staubsauger die Badematte und machte ein fürchterliches Geräusch. Ich stellte ihn aus und zog ihm die Badematte aus dem Schlund. Wenigstens brachte das Mama zum Verstummen. Ich wollte nicht, dass sie so was durch die Gegend posaunte.

Abends war ich fix und fertig. Ich werde mir später einen Putzmann anschaffen. Hausarbeiten sind nichts für mich!

In meinem Posteingang war nur eine Mail von Nina, meiner Cousine aus Hamburg. Die wollte ich in den großen Ferien besuchen. Ich freute mich schon. Sie fragte, was ich mir zum Geburtstag wünschte. Meinen Prinzen, hätte ich am liebsten geschrieben. Ich musste wieder kichern.

Ich glaube, Staubsaugen macht einen ein bisschen meschugge … und müde.

Den Abend verbrachte ich mit Lilli und einer Schachtel Toffifee auf dem Sofa. Wir schauten eine Liebeskomödie, die wir beide nicht lustig fanden. Außerdem waren die Schauspieler schleimig. Lilli hielt sich jedes Mal die Augen zu, wenn sie sich küssten.

»Guckt ihr einen Gruselfilm?«, fragte Mama, als sie ins Wohnzimmer kam.

»Noch schlimmer«, sagte Lilli.

Ich kriegte sowieso nichts mit, ich musste immerzu an Louis denken, und wenn ich auf eine Haselnuss biss, erst recht. Was er wohl jetzt machte?

Ich lief ein paarmal nach oben in mein Zimmer, klickte auf *Senden/Empfangen*, aber es war keine Mail im Kasten. Dafür gleich am nächsten Morgen:

Samstag, 10:27
Betreff: Maulwurf

Liebste Katja,
Gestern, kann ich nicht mehr schreiben. Ich ging mit meine Onkel nach ein Zirkus in seine Flugzeug. Ich liebe fliegen und wenn ich bin 18 ich will ein Pilot Fahrschein haben.
Ein Tiger hat fast eine Dompteur gegessen, aber alles geht gut. Ich bin immer sehr nervos in Zirkus. Ich geh mit meine Onkel nur mit weil ich liebe fliegen.
Jetzt sind meine Eltern weg mit meine Bruder. Steve McQueen faehrt sie in die naechste Stadt. Das ist Tours. Die Dieneren sind auch weg. So ich bin allein in der gross Schloss. Meine Fenster ist offen, in der Nacht ich hoere ein Eule und manchmal einer von die Pferden. Normalerweise, ich liebe das. Kein Eltern, kein Bruder, nur die Vogel, Pferden, Eichhoernchen. Heute Nacht es ist ganz anders. Ich vermisse dich!
Jetzt bin ich frustriert weil mein Deutsch ist so schlecht, dass ich nicht wage mit dich telefonieren. Ich will viel mehr sagen, und vielleicht Worten sind nicht genug. Mein suesse Katja! Also, was willst du wissen?

Geburtstag:
Ich war geboren um 10:10:10. Mein Kopf um 10:10:10 und meine Fussen um 10:10:15
Ich mache nichts Besonderes an mein Geburtstag, nur was ist langweilig mit der ganz Familie: Drei Stunden lang Mahlzeit, Kerzen auf Kuchen auspusten, und dann mein gross gross grossmutter (Neandertalers kleine Tochter) spricht fuer der Rest von den Tag und sagt wie knuddelig ich war wenn war ich ein Jahr alt!
Haushalt:
Ich macht nichts in Haus. Es gibt ein Diener fuer alles und viele Frauen in die Kueche. Aber kein Spuelmaschine, weil das Geschirr ist zu fragil!!! Wahnsinn, nein?
Mehr Photos nach den mail
Meine franzoesich Wort:
Taupe (Maulwurf)
Ich kuesse dich Zwei tausend mahl!
Louis

PS: Hier kommt das Pool-Photo

Ich klickte auf den Anhang. Ein blauer Hintergrund – Wasser und Himmel gemischt und davor eine ausgeschnittene Figur, von der Seite, die gerade ins Blau läuft, mit einem anderen ausgeschnittenen Kopf, der den Betrachter – also mich – voll angrinste. Rundherum Fische. Eine Collage!

Der Kopf war von ihm. Und der Körper? Gemalt. Aber bei genauerer Betrachtung – ich zoomte mir den Körper so nah heran, bis die einzelnen Pixel verschwammen – jedenfalls sah ich, dass es sich auch um ein Foto handelte, eins, das übermalt worden war.

Tolle Idee, eine Collage aus dem Foto zu machen! Louis ist nicht nur süß, charmant und poetisch, sondern auch noch kreativ. Ich seufzte. Dann rief ich Babette an und brachte sie auf den neuesten Louis-Stand.

Nach einer Viertelstunde sagte sie: »Wollen wir nicht mal langsam deine Geburtstagsparty besprechen?« Sie wollte mit mir die Einladungskarten gestalten.

»Vielleicht könnte ich ja eine Collage machen …«

»Oh, ha, Katja. Da scheint ja jemand einen großen Einfluss auf dich auszuüben.«

»Louis ist so süß, so knuddelig – seine Mail war wieder so romantisch! Und …«

»Okay, okay, Katja, fang nicht schon wieder an. Ich werde mich sofort auf den Weg machen, aber nur wenn du mir versprichst, dass wir auch über andere Sachen reden als nur Louis, Louis, Louis!«

Etwas später saßen wir in der Küche und der ganze Tisch war übersät von Papierstreifen und ausgeschnittenen Figuren. Jede Einladungskarte sollte anders sein. Ich war im Collagenfieber.

»Oh, was bastelt ihr denn da?« Lilli kam in die Küche. Ihr Gips war bunt vor lauter Unterschriften, kaum noch ein weißer Fleck frei. »Kann ich mitmachen?«

Lilli schnitt Margarine-Sterne und rote Lippen aus. Mit links. Man brauchte schon ein bisschen Fantasie, um sie zu erkennen. Niemand würde wissen, dass die Sterne aus einer Rama-Werbung waren. Und die Lippen von Kosmetikreklame.

»Bleibt unser Künstler-Geheimnis!«, sagte Babette und guckte mich so komisch an. Da konnte ich mir schon denken, was sie gleich fragen würde. Und prompt kam es auch.

»Sag mal, Katja, du lädst doch Max ein – und wen noch an Jungs?«

»Max?«

»Ist das nicht der schnuckelige Typ aus dem Krankenhaus?«, fragte Lilli.

»Aus dem Krankenhaus?« Babette schaute mich vorwurfsvoll an. Davon hatte ich ihr noch gar nichts erzählt. Ich hatte das Treffen und mein Scheitern völlig verdrängt. Nun wollte Babette alles wissen. Das wollte ich aber vor Lilli nicht erzählen.

»Holst du mal eben den Klebestift aus meinem Schreibtisch, oberste Schublade?«

»Wieso, hier ist doch noch genug drin.« Lilli hielt die halbvolle Tube hoch.

»Aber der Klebestift ist besser. Schmiert nicht so. Bitte!«

»Du willst mich ja bloß lossein!«

»Ach Lilli«, sagte ich und biss ihr in den Nacken. Sie kreischte auf. Das hat sie besonders gern, wenn ich ihr überraschend in den Nacken beiße.

»Na gut. Aber nur wenn du mich nachher noch mal beißt.«

»Mal sehen«, sagte ich. Sie zog ab. »Lass dir ruhig Zeit!«, rief ich ihr hinterher.

Babette war schon ganz heiß auf meinen Krankenhausbericht.

»Meinst du, Cécile sagt was zu Louis?« fragte Babette dann.

»Hab ich auch erst gedacht. Aber was soll sie denn sagen? Dass ich mit einem aus meiner Klasse gehe? Das würde ihr Louis nicht glauben. Unsere Liebe ist so fest und echt und unerschütterlich … soll ich dir nachher mal seine letzte Mail zeigen? So was von süß und witzig!«

»Und Max?« Babette hatte es echt drauf, einen auf den Boden der Realität zurückzuholen.

»Die Scheiße ist, dass ich ihm nicht sagen konnte, dass mein Herz nur für Louis schlägt und nicht für ihn.«

»Bist du dir da sicher?« Babette schmunzelte. Ich wusste wirklich nicht, was das sollte. Dann kam Lilli wieder in die Küche.

»Darf ich Etienne auch einladen?«, fragte sie.

»Ich wollte eigentlich keine Kinderparty machen«, knurrte ich und dann tat es mir gleich wieder leid. Sie konnte ja nichts für mein Chaos. Ich schaute Babette an, was sollte ihre blöde Frage eben?

»Natürlich bin ich mir sicher!«, sagte ich.

»Dann wäre es bestimmt besser, wenn du Max das vor deiner Party klarmachst.«

»Was?«, fragte Lilli.

»Nichts!« Ich holte Luft. Max einladen … klar würde ich Max einladen. Das war ich ihm irgendwie schuldig. Aber wahrscheinlich würde er das wieder in den falschen Hals kriegen und sich neue Hoffnungen machen.

»Aus der Klasse wäre noch Tobias möglich«, sagte Babette. »Der kann gut tanzen und ansonsten hält er die Klappe.«

Wir einigten uns auf Tobias und Sven aus unserer Klasse. Und Max. Die waren in der Kombination ganz erträglich. Vielleicht konnten die ja auch noch ein paar Kumpels mitbringen.

»Und Mädchen?«

»Keine Party ohne Bobo«, sagte Babette.

»Ich weiß nicht«, sagte ich. Ich hatte eigentlich die Nase voll von Bobo. Aber Babette hatte recht: Was war schon eine Party ohne Bobo? Sonst würde ich von den Mädchen noch Annalena und Swantje einladen.

»Cécile ja wohl nicht«, sagte Babette. Aber es war mehr eine Frage.

»Nein«, sagte ich.

»Auch irgendwie schade«, sagte Babette. »Eigentlich ist Cécile doch ganz nett.«

»Eigentlich reicht aber nicht«, sagte ich und schrieb noch Karin und Augustine auf die Liste, zwei Mädchen vom Sport. Natürlich sollten sie auch noch Jungs mitbringen.

»Ach, könnte Louis doch zu meiner Party kommen«, seufzte ich.

»Lad ihn doch ein«, sagte Lilli, so als würde er hier um die Ecke wohnen. Ich schnappte sie mir und biss ihr so kräftig in den Nacken, dass sie die ganze Nachbarschaft zusammenschrie.

Kirschkussträume

Am Abend, als Babette weg war, schrieb ich Louis eine Mail.

Samstag, 22:57
Betreff: AW: Maulwurf

Lieber Louis,
wie geht es dir? Was hast du den ganzen Tag gemacht? Ich finde deine Collage total toll! Ich habe heute Einladungskarten für meinen Geburtstag geschrieben. Ich mache nächste Woche Samstag eine Party bei meiner Oma im Garten. Fasanenweg 11, 49088 Osnabrück. Ab 19 Uhr. Bitte etwas fürs Büffet mitbringen. ☺
Ach Louis, schade, dass du so weit weg wohnst und nicht auch zur Party kommen kannst. Dann könnten wir zusammen unsere Geburtstage feiern!
Schlaf schön und träum von mir
Katja

Ich legte mich aufs Bett und träumte davon, sah uns in Omas Gartenhäuschen ganz eng und langsam tanzen, dann nahm ich ihn bei der Hand und führte ihn unter den Kirschbaum. Er pflückte Kirschohrringe für mich, hängte sie mir an und aß sie ab. Ich spürte seinen Atem, seine Lippen an meinem Hals. Plötzlich flog meine Tür auf. Lilli stand vor mir.

»Kann Etienne denn nun kommen?«

Ich setzte mich auf.

»Du sollst anklopfen, wenn du in mein Zimmer kommst!«, fuhr ich sie an.

»Ja, nächstes Mal«, sagte sie. »Was ist jetzt mit Etienne? Ich muss es wissen.« Lilli zog eine Augenbraue hoch. Wirklich unwiderstehlich.

»Meinetwegen«, sagte ich.

»Und Rudi?«

»Wer ist denn Rudi?«

»Rudi ist so ein Süßer aus der Siebten. Er ist aber ziemlich schüchtern, da wäre es am besten, ich lade seinen Freund gleich mit ein. Der ist auch süß.«

»Lilli!«

Sie guckte groß und unschuldig, mit Schmollmund.

»Drei Jungs – allein für dich. Findest du nicht, dass das ein bisschen übertrieben ist?«

»Nein«, sagte sie. »In meinem Alter sollte man sich nicht so schnell festlegen.

»Etienne ist genug«, sagte ich. »Außerdem ist es meine Party!«

»Meine Party, deine Party – die Party ist für uns alle da«, sang Lilli und wollte es sich gerade in meinem Sessel bequem machen.

Ich wollte aber lieber allein sein, fieberte schon Louis'

nächster Mail entgegen. »Lilli, bitte«, sagte ich. »Ich muss mich hier jetzt konzentrieren.«

»Ja, ja, konzentrieren nennst du das.« Sie grinste und seufzte und dann fing sie an, von Etienne zu schwärmen: »Er ist echt schnuckelig und wir wollen in den Sommerferien nach Frankreich fahren, zelten ...«

»Glaubst du, dass Mama und Papa das erlauben? In deinem Alter, nach Frankreich zu fahren, mit einem Franzosen, zelten?«

»Hm«, machte sie und schaute unter die Decke. »Dann fahren wir eben nach Helgoland.«

»Wieso Helgoland?«

»Warum nicht Helgoland?«

Lilli kicherte. Sie war wirklich super im Quatsch erzählen. Das könnte jetzt ewig so weitergehen, sie würde mir das Blaue vom Himmel runterlügen, aber ich drückte auf *Senden/Empfangen* und schon plingte eine Mail von Louis auf meinen Bildschirm.

Samstag, 23:27
Betreff: Avion

Hallo, bonjour, hello, hola!
Mein Bruder Henri ist dumm, er ist immer besser als ich, und weiss alles. Ich kann nie etwas sagen weil er es kennt besser. Er spricht viel und kritisiert mich. Ich bin sicher er ist eifersuchtig, weil er hat keine suesse Freundin in Osnabrueck. Heute war ganz schlecht mit ihm, so ich ging in meine Zimmer, und hoerte Musik sehr laut. *Mia.*

In Berlin habe ich diese Band das erste Mal gehoert. Kennst du *Mia*? Normal hab Ich dieses Typ Musik nicht so gern aber fuer mich es ist Berlin. Es ist auch du. So ich kaufte online eine von dem Album – »Zirkus« – und spiel es non-stop. Und jetzt Henri will auch *Mia* haben.
Morgen gehe ich mit mein Onkel wieder fliegen. Nur fliegen, keine Zirkus angucken, nur *Zirkus* von *Mia* hoeren, auf mein iPod. Ich gehe allein weil Henri war krank der letzte mal und kotzte an seine neues Schuhen. Das ist prima. Ein ganzen Tag im Himmel! Schade, dass du kannst nicht kommen.
Ist denn Raum genug in dein Omas Garten? Ich mein, genug fuer ein Flugzeug? In der Nacht von Donnerstag nach Freitag ich koennte die Flugzeug stehlen. Dann bin ich in Osnabrueck fuer unser Geburtstag! Aber du musst viel Benzin finden so das ich kann zurueck Fliegen mit dich. Schreib schnell, ich habe Hunger auf dein Mail.
Meine Wort:
avion
XXX
Louis

Mit ihm fliegen, mit ihm baden, ihm meine Mails zu essen geben – ich würde alles machen, und am liebsten sofort!

Lilli war in meinem Sessel eingeschlafen und lächelte selig, sie flog wohl auch gerade mit ihrem Etienne über den Wolken. Ich musste sie wecken und half ihr beim Ausziehen und ins Bett gehen. Ich legte ihren Gipsarm auf die Decke und gab ihr ein Küsschen auf die Stirn. Dann ging ich selbst schlafen. Zum Glück hatte Louis nichts von Cécile geschrieben oder sonst irgendwelche Andeutungen gemacht. Sie wird ihm gegenüber also nichts erwähnt haben. Gut. Jetzt konnte ich ungestört von Louis und mir träumen.

Am nächsten Morgen wachte ich mit einem Gefühl vom Fliegen im Bauch auf. Louis – das war mein erster Gedanke und er brachte gute Laune pur. Das steckte meine Mutter am Frühstückstisch an. Sie fing an zu summen und wollte mit Papa mal wieder nach Frankreich fahren, ins Loiretal.

»Könnt ihr mich dann nicht mitnehmen?«, fragte ich.

Mama sagte: »Na klar.«

Aber Papa wollte nicht nach Frankreich. Er wollte endlich mal nach Schweden. Jetzt diskutierten sie über Urlaubsziele. Ich verschwand aus der Küche und fuhr mit dem Rad in Omas Garten. Dort waren die Kirschen reif. Oma hatte das Gartenhäuschen schon aufgeräumt und ausgefegt und Gläser hatte sie auch mitgebracht. Ich knuddelte sie.

»Du bist die beste Oma auf der Welt«, sagte ich, was auch stimmte, denn ich kannte keine andere Oma, die alles mitmachte.

»Nun haut mal ordentlich auf den Putz, damit die Nachbarn für die nächsten Wochen genug zu tratschen haben«, sagte sie.

Wir setzten uns neben das Rosenbeet und aßen Kirschen.

»Und kommt dein Liebster auch am Samstag?«

»Ach Oma«, sagte ich und schnippte einen Kirschkern über das Rosenbeet. »Mein Liebster kann leider nicht kommen …«

Und schon erzählte ich ihr von Louis.

»Ich liebe ihn«, hörte ich mich sagen. »Ich kann nichts dafür. Er ist so … ich kann es gar nicht beschreiben. Natürlich spinnt er auch. Man weiß nie genau, was nun wahr ist und was nicht, aber er spinnt so lustig, so schön …«

Oma seufzte. »Ja, ja, die Liebe! Hat schon die klügste Frau um den Verstand gebracht.«

Ich blieb den ganzen Sonntag bei Oma. Wir gingen spazieren und dann zu ihr nach Hause, redeten und fläzten uns vor den Fernseher, knabberten Chips dabei, wie früher, wenn ich bei ihr übernachtete. Sie machte auch noch Abendbrot, dann radelte ich nach Hause.

Kurz vor Mitternacht. Louis war bestimmt schon im Bett. Ich schrieb ihm trotzdem eine Mail:

Sonntag: 23:54

Betreff: Bises du dimanche soir

Louis, mon petit Pilot,
ich wollte dir nur schnell ein paar Kirschküsse senden, bevor ich in die Schule gehe. Kirschen + Küsse = Kirschküsse. Im Garten meiner Oma sind die Kirschen reif. Und sie sind so süß wie du!
Ein paar Lieder von *Mia* finde ich auch toll. Romantisch!
Schlaf gut!
Katja

Harte Landung

Am nächsten Morgen trödelte ich zu lange im Bad herum, probierte eine andere Frisur aus, steckte meine verwuschelten Haare mit ganz vielen Klemmen hoch und nahm ein bisschen Lippenstift und keine Wimperntusche, wischte den Lippenstift doch wieder ab und nahm ein bisschen hellen Lidschatten. Das ließ meine zarte Sommerbräune mehr zur Geltung kommen. Endlich fand ich mich schön. Wurde auch höchste Zeit! Ich musste wieder mal zum Bus rennen, sprang durch die Tür, die knapp und zischend hinter mir zuging. Puh! Geschafft. Leider kein Sitzplatz mehr und der Busfahrer fuhr wie Steve McQueen. Ich wurde gleich zweimal gegen den Stempelkasten gequetscht und einmal latschte mir ein Zweimetermann auf den Fuß. Humpelnd erreichte ich die Schule. Babette wartete am Eingang auf mich.

»Bonjour!«, sagte ich.

Sie verdrehte die Augen.

Ersten zwei Stunden Deutsch. Dickmann sah aus, als wäre er auch in einem überfüllten Bus gefahren. Aber stundenlang. Völlig zerknautscht.

Dickmann hatte seinen Laptop dabei und zeigte uns den Videoclip »In Balin«, von der Band »P. R. Kantate«. Deutscher Dub, mit gelber U-Bahn und fliegenden Ballonmännchen.

»Und nun schreibt mal was dazu«, sagte er. »Wir haben jetzt unsere kreative Stunde.«

Ich fand seine kreativen Stunden immer toll. Hatten wir ein-, zweimal im Monat. Da durfte man einfach drauflos schreiben, so, wie es uns Spaß machte. Ich holte mein Heft raus, hatte das Lied im Ohr. Schade, dass ich Louis nicht schon in Berlin getroffen hatte. Ich sah uns in die gelbe U-Bahn steigen, durch die Straßen schlendern, durch die Luft fliegen, wie diese witzigen Figuren aus dem Clip. Plötzlich klopfte Babette an meinen Arm und deutete mit dem Kinn Richtung Cécile und Bobo. Bobo hatte einen Zettel in der Hand. Eine Mail – das konnte ich von hier aus sehen.

»So ein toller Liebesbrief!«, sagte Bobo. – Dass ihr vor Rührung nicht gleich die Tränen kamen, war alles. Dann streifte Cécile meinen Blick und wurde knallrot. Mein Herz machte einen Sprung. Ich wusste plötzlich, von wem die Mail war. Oh Gott, was war passiert? Was hatte Cécile Louis von Max und mir erzählt? Und wieso Liebesbrief?

Keine Ahnung, wie der Deutschblock zu Ende ging. Ich sah nur noch weißes Papier, konnte nichts denken, nichts schreiben, mein Herz hatte Rheuma.

»Katja, was ist los?«, fragte Dickmann.

»Nichts«, sagte ich. Meine Hände zitterten.

»Schreib zu Hause was, okay? Und wenn du den Clip nicht magst …«

Ach, Dickmann … wenn du wüsstest …

»... dann kannst du dir auch was anderes aussuchen. Gibt ja noch mehr Bands, die was mit Berlin zu tun haben.« Er lächelte mir aufmunternd zu. »Sonst kannst du auch was ganz anderes nehmen ...« Dickmann strich sich über die zerknautschte Wange.

Ach, er war so gut zu mir. Und ich konnte nur noch nicken, damit ich nicht anfing zu heulen.

In der Pause wollte ich die Mail sehen.

»Tu es nicht«, warnte eine Stimme in mir. Aber ich musste! Es gab wirklich eine Mail von Louis, sogar eine Liebesmail. Knallhart und echt.

Sonntag, 14:30

Betreff: von mir zu dir

Meine Angebetete!

Ich will etwas sagen.

Ich will das sagen fuer ein lange zeit und kann nicht mehr warten.

Es ist schwer zum sagen.

Ich liebe dich, Cécile

Ich weiss das alles ist kompliziert aber Ich liebe dich von die erste blick. Und denk an dich immer. Tage und nacht.

Es ist nicht moeglich, wir muessen uns schnell treffen. Ich weiss das du liebest auch mich, ich habe das in deine Augen gesehen.

Von Kopf bis Fuß bin ich verliebt,

Du bist mutig weil du mir Treue schwoerst,

Zwischen all den schoenen Souvenirs,
Mein Herz tanzt und jedes Molekuel bewegt sich.
Ich schlaf nicht mehr weil ich denk an dich und wenn ich schlaf, ich traeume an dich. Du bist nackt und verloren in der Wald. Ich komm mit mein weisse Pferd und rette dich. Du sitzt an der Pferd vor mich, deine Haaren in der Wind. Dann, wir galoppieren an eine Strand. Du drehst dich um und kuessest mich.
Willst du nicht auch das der Traeume bekommt das Wahrheit?
Antwort mich schnell meine Liebe
Dein Louis

Und mir hat er erzählt, er geht mit seinem Onkel fliegen!

Echt und wahr – gewesen

Er hat sie seine ANGEBETETE genannt. Wie kitschig! Die ganze Mail war kitschig! Er hat sogar Textstellen aus einem *Mia*-Song genommen und sie so eingebaut, als wäre es seine eigene Idee, dabei ist es nur abgeschrieben.

Was war nur in ihn gefahren?

Und was sollte ich jetzt tun?

Babette hat vorhin gesagt, ich soll jetzt endlich meine Finger von dem falschen Heini lassen.

»Vielleicht hat er sich mit der Adresse vertan, Cécile aus Versehen die Mail geschickt, die für mich war.«

»Mach dir doch nichts vor, Katja, er hat ›Ich liebe dich, CÉCILE‹ geschrieben!«

Musste sie es so deutlich sagen? Und auch noch wörtlich wiederholen? Es war, als stocherte sie mit einem Messer in einer offenen Wunde herum. Mir wurde schwarz vor Augen. Ich spürte Babettes Arm, dann saß ich neben ihr auf einem Blumenkübel.

»Du bist ja ganz blass, Katja«, sagte sie.

Wie ich nach Hause gekommen bin, weiß ich nicht mehr. Bus fahren schafft man wohl auch noch als Leiche.

Zu Hause saßen Lilli und Mama am Tisch.

»Qu'est-ce qui ne va pas?«, fragte Lilli in fließendem Französisch, was wohl hieß: »Was ist denn mit dir los?«

»Lasst mich bitte in Ruhe!« Ich rannte in mein Zimmer und weckte meinen Computer. Keine Mail von Louis. Aber das hielt mich nicht davon ab, ihm eine Mail zu schreiben.

Montag, 15:12

Betreff: deine Mail an Cécile

Louis,
schreib du nur weiter Liebesbriefe an Cécile. Aber lass mich in Ruhe! Ein für allemal! Ich habe die Schnauze voll von deinen Lügen!
Katja

Tränen tropften auf die Tastatur. Auch wenn Tränen für einen Computer tödlich sein konnten, mir war alles egal! Ich konnte nicht mehr denken. Nur immer wieder dasselbe: Wie konnte er mich nur so betrügen? Selbst wenn ihm irgendwelche böswilligen Gerüchte über Max und mich zu Ohren gekommen waren, musste er ja nicht gleich solche Mails an Cécile schreiben. War er denn völlig verrückt geworden? Ein Wort zu mir und ich hätte das Missverständnis aufgeklärt. Und die Knutscherei war VOR unserer Zeit.

Louis, kapierst du denn gar nichts?!

Mein Handy klingelte. Ich ging nicht ran. Es klingelte weiter. Ich sah Babettes Nummer auf dem Display.

»Wie geht es dir?«

»Geht«, flüsterte ich. Was voll gelogen war.

»Mach dir nichts vor, Katja. Er hat dich nicht mal betrogen, weil er dir ja gar nicht seine Liebe eingestanden hat, jedenfalls nicht so deutlich wie er das in der Mail an Cécile getan hat. Du hast es dir vielleicht gewünscht, gehofft ...«

»Hör auf, Babette«, sagte ich mit letzter Kraft. »Ich möchte jetzt nicht darüber reden.« Ich legte auf.

Was verstand Babette schon von Liebe? Sie ist meine beste Freundin, aber mit Verliebtsein geht sie immer so vernünftig um. Ihr sind Jungs eher lästig. Aber nur, weil sie noch nicht richtig verliebt war. So wie ich. Das mit Louis ist echt und wahr – GEWESEN! Ich hatte doch gleich gespürt, dass da was zwischen UNS war, vom ersten Augenblick an. Ich konnte mich doch nicht so täuschen!

Meine Finger drückten von ganz allein auf *Senden/Empfangen*. Im Posteingang eine Mail von Louis.

Montag, 15:16

Betreff: AW: deine Mail an Cécile

Katja,

ich bin noch im schule, habe bekommen dein email mit meine iPhone. Ich muss die email mit meine Wortenbuch lesen, weil ich bin nicht sicher, ich versteh alles.

Was ist passiert?

Ich geh jetzt im cafeteria zum dich antworten. Ich schreibe so schnell wie möglich!

xxx

Louis

Drei Küsschen hatte er mitgeschickt. Warum, wenn sie doch nicht echt gemeint sind?

Ich lag auf meinem Bett, hörte *The Cure, Boys don't cry*, weinte, boxte ab und zu in mein Kissen und dachte an Louis, wie er da mit seinem Wörterbuch in der Cafeteria saß, um mir zu antworten. Okay, die Chance wollte ich ihm noch geben. War ja mal gespannt, was er zu sagen hat.

Meine Finger klickten auf *Senden/Empfangen*. Dabei hätte ich am liebsten alles gelöscht, seine Mails, seine Adresse, meine Sehnsucht, unsere Vergangenheit. Aber ich musste unbedingt wissen, was er mir schrieb.

Montag, 15:30
Betreff: Luegen?

Katja,
bitte glaub mich, ich habe keine email an Cécile geschriebt.
Glaub mich!
Vielleicht Cécile ist eifersuchtig und sie luegt.
Katja, je t'aime!!!!
Bitte antworte schnell und sag dass du glaubst mich!
Louis

Er schrieb mir »Je t'aime« – das haute mich vom Hocker, aber ich durfte mich nicht mehr von ihm einlullen lassen! Er hatte Cécile auch geschrieben, dass er sie liebte. Auf Deutsch. Das hört sich zwar nicht so gut an, war aber letzten Endes dasselbe. Er stritt es einfach ab! Dieser Blödmann, dieses Schwein, dieser Machoarsch! Na warte!

Montag, 15:36

Betreff: AW: Luegen?

Louis,

das heißt: GLAUB MIR!!!!!!!!

ABER: Ich kann dir nicht mehr glauben. Ich habe die Mail mit eigenen Augen gesehen!

Katja

Ich schickte die Mail ab. Warum spielte er so ein beschissenes Spiel mit mir?

Ich ließ mich auf meinen Drehstuhl plumpsen und starrte aus dem Fenster.

»Katja, Schätzchen, ist es so schlimm?« – Mama.

»Ihr habt euch doch nicht länger als vier Stunden gesehen!« – Meine einfühlsame kleine Schwester.

»Darum geht es nicht, Lilli. Es gibt Liebe auf den ersten Blick.« – Mama.

»Ach lasst mich doch alle in Ruhe!!!« – Ich.

Am Telefon schon wieder Babette. Ich konnte nicht reden. War nur am Schluchzen.

»Komm mit zum Sport!«, sagte sie.

»Nein.«

»Ich hol dich gleich ab.«

»Nein.«

Keine halbe Stunde später stand Babette in meinem Zimmer.

»Du schüttest dir jetzt kaltes Wasser ins Gesicht und ich pack in der Zeit deine Sportsachen.«

Dann war ich in der Turnhalle. Alles so hell hier und laut! Vom Geruch der Matten wurde mir schlecht. Babette scheuchte mich durch die Gegend, als wäre sie die Sportlehrerin.

»Nun mach dich erst mal warm und dann sehen wir weiter.«

Wir rannten drei Runden durch die Halle, aber mir wurde nicht warm. Mir würde nie mehr warm werden.

Wieder zu Hause wollte ich gleich ins Bett. Nichts essen, nichts hören, nichts sagen. Mama guckte so mitleidig, als würde sie verstehen, wie es mir ginge. Aber keiner verstand mich! Ich war allein, ganz allein.

In meinem Zimmer stand mein Computer auf dem Schreibtisch und guckte mich herausfordernd an.

Ich könnte ihn zertrümmern!

Aus dem Fenster werfen!

Aber was konnte mein armer Computer dafür?

Ich schluckte Tränen runter, drückte auf *Senden/Empfangen*.

Eine Mail von Louis:

Montag 18:31

Betreff: Irrtum

Katja,
das ist alles nicht moeglich! Ich habe Cécile keine email geschriebt.
Warum bist du sicher das ICH habe diese mail geschrieben.
Du glaubst Cécile mehr als ICH????
Bitte antwortet mich schnell.
Louis

Nein, Louis, ich antworte dir nicht mehr. Ich habe die Mail mit eigenen Augen gesehen! Wer soll denn sonst die Mail geschrieben haben, Cécile vielleicht? Sie ist doch nicht so blöd! Außerdem habe ich den Absender gesehen. Und jetzt lass mich endlich in Ruhe mit deinen Lügen!

Ein hübscher Junge an der Tür

Dienstag, 03:14

Betreff: Hoer mich, Katja!

Katja,
was kann ich machen so das du hoerst mich?
Das ist sehr wichtich.
Bitte!
Louis

Dienstag, 16:30

Betreff: Ich muss mit dich sprechen!!

Katja,
ich habe dich anrufen, aber du antwortest nicht die Telefon.
Bitte sag mich wann du bist bereit zum Sprechen.
Bitte!
Louis

Dienstag, 20:19

Betreff: Es ist so noetig!

Katja, Bitte!
Louis

Mein Herz war eine zu weich gekochte Kartoffel, zerbröckelt. Es dampfte nur noch, mehr fühlte ich nicht, nur Nebel, der mich einhüllte. Louis hatte versucht, mich anzurufen, ich habe es auf meinem Display gesehen. Er schrieb mir Mails, SMS mitten in der Nacht.

Katja! Katja! Katja! – Hoere mich!

Louis, bitte, lass mich in Ruhe!

Mama und Lilli versuchten, mich zu trösten. Papa sagte, ich soll mich nicht so reinsteigern. Ich wäre schon verträumt genug, ich sollte mal langsam auf den Teppich kommen, schließlich würde ich bald 14.

Oma rief an und wollte wissen, ob sie mir lieber eine Ananas- oder Erdbeerbowle machen sollte. Ich wollte keine Bowle mehr. Ich hatte keine Lust mehr auf meine Party. Oma seufzte und sagte, mit Liebeskummer sei nicht zu spaßen. Wie recht sie hatte! Meine weise Oma, doch das half mir auch nicht weiter.

Mittwoch schleppte ich mich zur Schule. Cécile konnte mir nicht in die Augen sehen. Was hatte der Filou ihr jetzt schon wieder geschrieben?

Ich bekam auch andauernd neue Mails von Louis. Ich löschte sie alle. Mein Handy spülte ich ins Klo. Ich weiß, das tut man nicht, wegen der Umwelt. Aber ich hatte der Umwelt vorher noch nie absichtlich Schaden zugefügt und jetzt wusste ich einfach keinen anderen Ausweg.

Am Donnerstag, nach der Schule, kaufte ich mir ein neues Handy und war den ganzen Tag beschäftigt, meine Telefonnummern einzugeben. Dann verschickte ich eine SMS mit meiner neuen Nummer an meine Freunde. Ich zögerte, dann schickte ich sie auch Max.

Es klopfte an meiner Zimmertür. Mama kam rein, lächelnd. Dieses typische Mutterlächeln, das ausdrücken soll, sie wisse, wie es um mich steht, wie sehr ich leide, aber jetzt sei der Moment gekommen, wo es wieder bergauf gehen muss. Ich konnte dieses Lächeln an ihr noch nie leiden, es hatte mir nie wirklich geholfen, weder nach einer Fünf in Englisch noch als unser Meerschweinchen einen Herzinfarkt bekommen hatte. Ich brauche meine Zeit zum Trauern. Aber jetzt war ich froh, dass sie so lächelte. Dass sie überhaupt lächelte. Ach Mama! Ich hätte ihr um den Hals fallen können, einfach nur so!

»Schätzchen«, sagte sie, in diesem Ton, wie sie es vor zehn Jahren immer zu mir gesagt hatte. »Kommst du mal runter, da ist ein sehr hübscher Junge für dich an der Tür.« Sie küsste mich sogar auf die Stirn. »Also wenn ich du wäre, würde ich ihn nicht zu lange warten lassen.«

Ich ging die Treppe runter. Es kam mir vor, als brauchte ich ewig.

Max stand an der Tür, Lilli streichelte gerade über seinen Ärmel. Als sie mich sah, zog sie schnell die Hand zurück.

»Das ist so ein toller Pulli, guck mal, die Farbe und dann das Material. Kein Fleece, keine Wolle und trotzdem weich wie ein Teddy.«

»Hallo, Katja«, sagte Max.

»Was willst du denn?«, rutschte es mir raus, forscher, als ich beabsichtigt hatte. Ich versuchte es etwas netter: »Komm doch rein, sonst erkältest du dich noch.«

Puh, das hörte sich ja noch schlimmer an, nach besorgter Mutter.

»Ja, es ist echt arschkalt geworden«, sagte Lilli. »Und das mitten im Sommer … Aber ich glaube nicht, dass Max sich erkältet, mit so einem schönen Pulli.«

Mein Gott, Lilli!

Wir setzten uns an den Küchentisch. Lilli setzte sich selbstverständlich zu uns. Sonst versuche ich immer, sie wegzuscheuchen, wenn mich Freunde besuchten, aber jetzt war ich froh, dass sie da war.

»Willst du was trinken?«, fragte ich Max. »Cola, Bionade?« Es klang wieder nicht sehr freundlich. Ich glaube, ich konnte erst wieder freundlich zu Max sein, wenn er begriffen hatte, dass zwischen uns nichts mehr war – nichts mehr sein würde – und er nicht mehr als Tröster in meinen schwersten Stunden aufzutauchen brauchte. Mit Louis war es aus! Das war ihm wohl klar – alle in der Klasse hatten mitgekriegt, dass er Cécile diese Mail geschrieben hat. Aber Max sollte sich deshalb keine Chancen bei mir ausrechnen! Ich hatte die Schnauze voll von Jungs!

»Ja, bitte«, sagte er.

»Was bitte?«, sagte ich. »Cola?«

»Nein, Bionade.«

Aber er hatte so schöne Hände!

Ich holte eine Bionade aus dem Kühlschrank, Holunder, und knallte sie vor ihm auf den Tisch. Er zuckte zusammen. Der beige Pulli stand ihm verdammt gut, seine braunen Augen kamen so richtig zur Geltung, schöner Kontrast auch zu seinen dunklen Haaren. Er hätte als Model durchgehen können. Lilli holte einen Öffner und ein Glas, guckte mich empört an, als wenn sie sagen wollte: Soll er die Flasche etwa mit den Zähnen aufmachen? Dann klingelte das Telefon. Lilli ging ran. Max trank Bionade. Als er die Flasche absetzte, sagte er: »Du hast eine neue Handynummer?«

Ich nickte.

»Neuer Vertag?«

Ich schüttelte den Kopf.

»Ist dein Handy vielleicht kaputt? Soll ich mal gucken, ob ich es reparieren kann?«

»Nein, nein«, sagte ich schnell.

»Auf jeden Fall Danke für die Einladung zu deiner Geburtstagsparty. Die Collage ist echt super! Ich habe sie aufgehängt. Tolle Idee!«

»Max«, begann ich, in einem Ton wie neulich im Krankenhaus, in der Cafeteria, um ihm endlich zu sagen, was Sache war, aber da stürmte Lilli in die Küche, hielt ihm den Gipsarm entgegen und einen goldenen Stift. »Kannst du mal eben unterschreiben?«

»Lilli, er hat schon unterschrieben!«, fuhr ich sie an.

»Ich weiß!«, fauchte sie zurück, »Aber noch nicht in Gohold!«

»Darf ich dich daran erinnern, dass das mein goldener Stift ist, den ich mir für die Einladungskarten zugelegt habe!«

»Ich will ihn ja auch nicht behalten!«

»Okay, ich unterschreibe«, sagte Max und nahm den Stift. Lilli grinste ihr Siegerlächeln. Ich seufzte. Schon egal, wenn der neue Goldstift auf dem Gips ausfranste. Darauf kam es jetzt auch nicht mehr an.

Mama kam in die Küche. Sie guckte neugierig vom einen zum anderen. Was erwartete sie? Dass ich ihr Max als Schwiegersohn vorstellte? Lilli zeigte ihr die goldene Unterschrift. Max nutzte die Gelegenheit und flüsterte mir zu: »Ich wollte dich fragen, ob du mit mir ...«

»Nein!«, sagte ich schroff und laut, ohne ihn ausreden zu lassen. Es war ein Reflex. Max biss sich auf die Unterlippe und stand auf. Endlich hatte er verstanden. Mama auch. Sie rettete die Situation, fragte, ob ich ihr kurz helfen könnte.

»Ja, klar«, sagte ich. Mama, Lilli und ich begleiteten Max zur Tür.

»Komm mal wieder vorbei«, sagte Lilli. Ich boxte ihr den Ellenbogen in die Seite.

Etwas später half ich Mama, eine Kommode zu verrücken. Lilli stand daneben und gab gute Ratschläge, wie wir sie am besten ins andere Zimmer kriegten.

»Halt doch einfach mal deine Klappe!«, sagte ich.

»Du bist aber wirklich gereizt«, sagte Lilli und schmollte. »Ich hoffe, das ändert sich, wenn du 14 bist.«

Mir wäre fast die Kommode auf den Fuß gefallen. An meinen Geburtstag wollte ich gar nicht denken. Aber das ging nicht. Alle dachten an meinen Geburtstag!

Oma rief an und sagte, sie hätte noch ein paar Girlanden in den Kirschbaum gehängt, Papa sagte mir andauernd, dass das Wetter am Samstag wieder besser werden sollte. »31 Grad und Sonne pur!«, und Lilli hing andauernd am Telefon und hatte mehr Leute eingeladen, als ich ihr erlaubt hatte. Aber das störte mich nicht. Mich störte gar nichts mehr. Ich wandelte wie in Watte gepackt durch die Gegend, unfähig, mich auf meinen Geburtstag zu freuen, unfähig, mich überhaupt zu freuen.

Nichts als die Wahrheit?

Am Donnerstagabend kamen noch zwei Mails von Louis, ich sollte mich melden, ihm ein Lebenszeichen schicken, er hätte versucht, mich über Handy zu erreichen.

»Aber dein Leitung ist tot.«

Ja. Louis. Meine Leitung zu dir ist tot und mein Handy schwimmt irgendwo in der Kanalisation von Osnabrück!

Freitagnachmittag rauschte mir dann die Wahrheit auf den Bildschirm.

Freitag, 0:30

Betreff: Die Wahrheit!

Katja,

ich bin so gluecklich! Ich weiss jetzt, was passiert hat. Ich habe gefunden die Wahrheit! Ich weiss warum Cécile hat eine mail von meine mail Adresse. Ja, du liest richtig, von meine mail Adresse, **aber nicht von mich!**

Ich habe die mail gefunden in meine »Absendung Box« und der Datum war Sonntag, 14:30 Uhr.

An diese Moment war ich mit meine Onkel in seine Flugzeug. Er kann das aussagen!

So heute ging ich in Henris Zimmer und fragte ihn. Ich war

sehr, sehr wuetend (oder zornig?) und fasste ihn an seine Gurgel. Er bekam so viel Angst das er sagte mir alles:
Das war seine Revanche weil er konnte nicht in den Flugzeug mitkommen. Und auch weil er ist eifersuechtig. Kein Maedchen ist in ihn verliebt.
Er kennt alles was passiert zwischen dich, Cécile und mich.
So er schrieb dieses mail an Cécile, mit ein Stück von ein Lied von *Mia*.
Er ist so doff!
Er hat gesagt, dass er kann ein mail an dich schreiben mit Entschuldigung wenn du willst.
Aber alles ist gut jetzt. Ich bin so gluecklich!
Antwort schnell, bitte!
XXXXXXXXXXXXXxxxxxxxxXXXXXXXXXXXXXXXXX
Louis

Ich war gerade erst aufgestanden, halb sieben. Eigentlich wollte ich duschen, musste wohl den Computer mit der Brause verwechselt haben, sonst hätte ich ja nicht in meinen Mailbriefkasten geguckt. Es gab ja bis vor einer Minute nicht den geringsten Anlass dazu. Und jetzt? Jetzt hatte ich die Wahrheit gelesen. Eigentlich konnte es nicht besser kommen. Aber wieso reagierte ich nicht? Warum machte ich keine Luftsprünge? Ich fühlte mich taub, wahrscheinlich schlief ich noch und das war alles nicht wahr. Ich wandelte unter die Dusche. Wasser prasselte auf mein Dach. Ich wurde nass. Wach.

Er hat diese Mail an Cécile also gar nicht geschrieben. Auch nicht aus Versehen von hier nach da kopiert, nein, sein Bruder war's, der kleine grüne, mit dem Auge auf der Stirn. Und jetzt war Louis glücklich. Und ich? Ich stellte auf Kalt, schrie auf und stellte die Dusche aus. Aber das machte mich auch nicht glücklich.

Ich öffnete das Fenster, brauchte dringend frische Luft.

Was sollte ich nur tun?

Ich war eine der ersten in der Schule, wollte unbedingt Babette alles erzählen, sie um Rat fragen, sofort, aber Babette kam und kam und kam nicht.

Bobo war umringt von Annalena, Kira und Swantje. Sie erzählte gerade Horrorgeschichten über das Raucherbein ihrer Oma, wie der Fuß ausgesehen hatte, bevor er amputiert wurde und dass die Ärzte schon Angst gehabt hätten, es könnten sich Maden ins Fleisch setzen.

»Iiiiiiiiiiiih!«, kreischte Annalena. »Hör auf damit!« Aber Bobo war jetzt richtig in Fahrt.

Ich ging zum West-Eingang und wollte Babette abfangen. Seltsam, so früh in der Schule zu sein, als würde ich gar nicht dazugehören. Mir war flau in den Beinen und meine Haare lagen auch bescheuert, total fluffig. Um vier vor Acht rief ich Babette an.

»Wo steckst du?«

»Ich bleib im Bett.«

Sie hatte wohl was Falsches gegessen, ihr war die ganze Nacht übel gewesen. »Ich konnte überhaupt nicht schlafen. Außerdem habe ich Kopfschmerzen wie wild. Ruf mich später noch mal an, ja? Oder gibt es was Neues?«

Ich konnte ihr unter diesen Umständen nichts von Louis'

Mail erzählen. Ich fühlte mich klein und verloren, wie ein Zwei-Cent-Stück, nach dem man sich noch nicht mal bückt, weil es kein Glück bringt.

Der Unterricht zog an mir vorbei wie eine Schlechtwetterfront. Warum nur konnte ich mich nicht freuen?

In Franz saß ich neben Max, aber er ignorierte mich. Tat so, als wäre ich Luft. So krass musste es ja nun auch nicht gleich sein. Dafür guckte mich Cécile andauernd an und wenn ich guckte, schaute sie weg. Flüsterte mit Bobo. Bobo flüsterte zurück. Dann schauten sie mich beide an. Ich versuchte zu lächeln. Kein Lächeln kam zurück. Als würden sie etwas Schlimmes für mich vorbereiten, etwas, was ich mit Fassung tragen musste. Mein Herz raste, ich bekam schweißnasse Hände und Madame Maier erzählte, dass der Louvre über Jahrhunderte hinweg eine Großbaustelle gewesen sei. Auf Französisch natürlich. Das nervte; das anhaltende Getuschel von Bobo und Cécile auch. Unsereins kriegte gleich einen auf den Deckel, wenn er nur Piep sagte!

Endlich klingelte es.

Max packte ein und wollte gerade gehen.

»Du kommst doch morgen zur Party?«, hörte ich mich sagen.

Er zögerte einen Moment, war sich wohl nicht sicher, ob ich ihn meinte. »Willst du das denn?«

»Ja«, sagte ich.

»Okay.« Er schwang sich seinen Rucksack auf den Rücken und ging. Was erwartete ich? Dass er mir vor Freude um den Hals fiel?

Ich wollte meine Sachen schnell packen und nichts wie weg, da sah ich Cécile auf mich zukommen, wie in Zeitlupe. Sie hatte ein Blatt Papier in der Hand. Bobo stand an der Tür, ernst. Hilfe!

»Ich habe heute Morgen eine Mail von Louis bekommen«, sagte Cécile. »Er schreibt …«

Und da konnte ich nicht mehr. Ich wollte es nicht hören, was es auch war. Nicht noch einmal!

»Ach lass mich doch in Ruhe!«, sagte ich und rannte an ihr vorbei, raus aus dem Klassenzimmer, an Bobo vorbei, über den Flur, zum Bus. Der wollte gerade abfahren, aber nahm mich noch mit.

Birthday unhappy

Ich wurde 14. Einfach so.

»Happy Birthday to you!«, sang meine Familie und mir kamen die Tränen, denn weit, weit weg von hier hatte noch jemand Geburtstag, der nicht nur mir Mails schrieb.

Ich bekam eine grüne Samthose von Mama, ein Tagebuch von Lilli, und Papa schenkte mir einen Gutschein für ein Regal nach Wunsch in meinem Zimmer. Schade, wieder keinen iPod!

Oma hatte einen Brief geschickt mit 50 Euro. Ich war echt gerührt, schließlich bezahlte sie auch das Essen und die Getränke für die Party.

»Ach Oma«, seufzte ich und rief sie gleich an. Sie munterte mich auf und brachte mich sogar zum Lachen. Am liebsten wäre ich mit ihr durchgebrannt, irgendwohin, bloß weg, damit ich keine Geburtstagsparty feiern musste.

Babette kam schon am frühen Nachmittag. Sie war zum Glück wieder fit. Gestern hatte sie noch den ganzen Tag Kopfschmerzen. Deshalb war ich bis jetzt nicht dazugekommen, ihr von der Wahrheit zu erzählen – falls es denn wirklich die Wahrheit war. Mein Herz kam mit diesem Hin und Her der Gefühle nicht klar. Es fühlte sich verknittert an, wie weggeworfenes Geschenkpapier.

Wir gingen in mein Zimmer. Gegen 17 Uhr wollten wir in den Garten fahren. Aber jetzt musste ich ihr erst mal Louis' Mail zeigen. Sie pfiff durch die Zähne.

»Und?«, fragte sie.

»Was und?«

»Was hast du ihm geschrieben?«

»Nichts.«

»Nichts?« Sie sagte das, als wäre es eine Katastrophe.

»Das hört sich total echt an. Meinem kleinen Bruder wäre so ein Mist auch zuzutrauen. Da musst du Louis unbedingt antworten. Der Arme!«, sagte Babette. Ausgerechnet Babette!

Ich musste mich auf mein Bett legen. Babette redete weiter auf mich ein. »Ich würde auch den blöden Bruder anrufen und mir anhören, wie er alles zugibt und sich entschuldigt. Das ist so heftig, so was kann man sich nicht ausdenken, wirklich übelst!«

»Babette!«, unterbrach ich sie. »Er hat Cécile eine neue Mail geschrieben.« Ich erzählte ihr, dass sie mit der Mail gestern zu mir gekommen war und ich es nicht mehr ertragen konnte, und dass ich weggerannt war.

»Du hast die Mail gar nicht gelesen?«

Ich schüttelte den Kopf, den Tränen nahe.

»Hm«, machte Babette. »Und wenn er ihr nur geschrieben hat, dass die Mail von seinem blöden Bruder war? Also die Sache klargestellt hat. Und Cécile dir das zeigen wollte?«

Ich kriegte keine Luft mehr. Ich stürmte zum Computer.

Samstag 15:12

Betreff: AW: Die Wahrheit

Louis,
ist das wirklich wahr, dass die Mail von deinem Bruder ist?
Bitte melde dich! Ich muss es wissen! Und was hast du Cécile gestern Morgen geschrieben?
Katja

Ich klickte andauernd auf *Senden/Empfangen*, keine Mail. Um 15:44 eine Mail im Posteingang. Mit zittrigen Fingern öffnete ich sie.

Nina, meine Cousine aus Hamburg, schenkte mir ein Hamburg-Wochenende zum Geburtstag.

Keine Mail von Louis.

Nichts.

Als wir um 17 Uhr los wollten, rannte ich noch mal in mein Zimmer und checkte ein letztes Mal.

Keine Mail von Louis.

Wir brauchen dringend neue Lügen

Oma hatte Schnittchen gemacht, mit Schinken und Käse und dieser leckeren italienischen Salami. Überall standen Schüsselchen mit Knabbersachen herum. Der riesige Bowletopf thronte auf einem Extratisch in der Ecke. Sie hatte ihn sogar beleuchtet. Die Erdbeeren sahen aus wie kleine rote Fische. Oma goss noch eine Flasche Mineralwasser und eine Flasche Sekt dazu. Dann mussten wir kosten.

»Auf dich, Katjachen«, sagte sie und stieß mit mir und Babette an.

»Ist nur eine Flasche Sekt drin«, sagte Oma. »Das wird euch schon nicht umhauen.«

»Nein«, sagte Babette und kicherte, als hätte sie schon einen in der Krone. Sie hatte in letzter Minute einen Typen aus der 9. Klasse eingeladen, den sie vom Sehen her kannte und niedlich fand. Hätte ich Babette gar nicht zugetraut. Ich spürte, dass sie aufgeregt war und hoffte, dass er kam.

Oma legte einen Arm um mich und drückte mich an ihren Busen. »Ich verschwinde gleich«, sagte sie. »Wehe du hast keine schöne Party!«

»Ach Oma«, sagte ich und musste schon wieder mit den

Tränen kämpfen. Dann kamen Bobo mit Annalena und Swantje mit ein paar Typen im Schlepptau. Der eine war Swantjes Cousin aus Köln. Cool. Sie schenkten mir CDs, eine von Amy Winehouse, die ich noch nicht hatte, und Lounge-Musik.

Dann nahm mich Bobo unter die Lupe und sagte: »In das Ding von Cécile und dir mische ich mich nicht ein. Aber ich fände es trotzdem toll, wenn du mal mit Cécile reden könntest. Irgendwie wartet sie drauf.« Bobo drückte mir ein Geschenk in die Hand. »Aber jetzt feiern wir erst mal deinen Geburtstag. Happy Birthday!«

Sie gab mir ein Küsschen und ich machte das Geschenk auf, um mich abzulenken, denn ich wusste nicht, was sie meinte und worauf Cécile warten könnte. Ich zog eine Bodylotion mit Kokos- und Ingwerduft aus dem Papier. Wir rieben uns die Handrücken damit ein und rochen wie das Paradies persönlich. Wir lachten. Ich musste fröhlich sein, dafür waren Geburtstagspartys da.

Sven wollte der DJ sein. Ich zeigte ihm Omas Anlage, mit CD-Player und Plattenspieler und jede Menge Schallplatten. Auch welche von Oma. Sven zog eine aus dem Karton. *Siw Malmkvist* mit *Liebeskummer lohnt sich nicht* – so ein bescheuertes Lied! Sven grinste und legte zum Glück was aus seinem Stapel auf, *Tocotronic, Pure Vernunft darf niemals siegen.*

Das Stück fing an mit: »Wir brauchen dringend neue Lügen.«

Alle guckten mich an, als hätte ich mir das Lied gewünscht. Sven blendete nach der ersten Strophe aus und legte *Wir sind Helden* auf – auch nicht gerade der Stimmungshit! Aber noch war eh keiner in Tanzlaune. Hauptsache, alle amüsierten sich, egal wie verlogen mir alles vorkam. »Wir brauchen dringend neue Lügen ...«

Brauchten wir das wirklich? Also für mich bitte nicht!

Babette nahm mich am Arm und zog mich zum Büfett.

»Los komm, Geburtstagskind, iss mal was.« Sie zeigte auf die Käseschnittchen. Oma hatte mit kleinen silbernen Schwertern Gurken aufgespießt und durch die Brote gestochen, mit meinem Lieblingskäse *Old Amsterdamer*.

Ich hatte keinen Appetit. Aus den Lautsprechern kam jetzt eins meiner Lieblingslieder von *The Cure, Boys don't cry*. Bobo fing an zu tanzen. Toll, dass sie sich das traute. Sie war ganz in Schwarz und hatte einen knallroten Lippenstift, riesige Ohrgehänge. Swantje zog ihren Cousin mit auf die Tanzfläche. Der weigerte sich, hatte aber keine Chance gegen Annalena und Swantje. So langsam kam Schwung in die Bude!

Ich ging nach draußen. Lilli saß mit Etienne unter dem Kirschbaum, beide auf einem Stuhl. Sie sahen aus wie ein Wesen mit zwei Köpfen und zwei Gipsarmen. Beide völlig überkritzelt mit Unterschriften und Fratzen. Etienne war ununterbrochen am Essen. Hoffentlich reichten die Schnittchen auch noch für die anderen!

Die übrigen Jungs, die Lilli eingeladen hatte, standen an der Regentonne und beobachteten alles aus der Ferne. Oma war gegangen und hatte uns noch eine »dufte Fete« gewünscht.

Ach Oma! Beinahe hätte ich wieder geheult. Nun war ich 14 Jahre alt und wurde sentimental, wenn ich an meine Oma dachte. Wahrscheinlich stimmte irgendwas nicht mit mir!

Bei Sven war jetzt Schlagerstunde. Wencke Myhre röhrte: »Er hat ein knallrotes Gummiboot ...«

Bobo und die anderen grölten mit. Lilli stand auf und ging zur Wassertonne, ließ Etienne auf dem Stuhl sitzen und flirtete mit den anderen Jungs. Ich sollte mir eine Scheibe von meiner kleinen Schwester abschneiden und mit Max flirten! Lilli brachte alle zum Lachen. Nur mich nicht. Wenn ich zu lachen versuchte, war es nicht echt, eine Lüge!

Babette saß vor der Hütte, hatte silberne Schwerter auf ihrem Teller liegen, Gurkenspieße, und quatschte den Typen aus der Neunten voll. Er hing an ihren Lippen. Hoffentlich nicht wieder so ein intellektueller Heini, der mit ihr durch sämtliche Museen stiefelte und ihr alles erklären wollte, so wie ihr vorletzter Verehrer vom Ernst-Moritz-Arndt-Gymnasium, den sie nach zwei Tagen, ohne ihn zu küssen, abserviert hatte.

Ich konnte nicht reden, ich hatte einen Ball im Hals. Zum Glück fiel es nicht auf – die Party war jetzt ganz gut im Gang. Dann kam Max. Er grüßte, strahlte, hatte ein olivgrünes T-Shirt an, sehr eng, sehr sexy. Er kam zu mir und gab mir die Hand. Sie war weich und warm.

»Herzlichen Glückwunsch zum Geburtstag«, sagte er, wie es sich gehört und lächelte sein schönstes Lächeln.

»Danke«, sagte ich. Er nahm seine Hand zurück. Ich hatte

gar nicht gemerkt, dass ich sie noch festgehalten hatte. Warum hatte er mir eigentlich kein Geburtstagsküsschen gegeben?

»Alle anderen schon da?«

Ich nickte. Er schaute mir in die Augen. Sein Blick war offen, einladend, als wollte er mir sagen: Noch kannst du mich haben.

»Drinnen gibt es leckere Bowle«, sagte ich und schluckte meine Tränen runter. Jetzt reicht es aber mit dieser latenten Heulerei!

»Du siehst schön aus«, sagte Max.

Da war sie – eine neue Lüge. Ich konnte gar nicht schön aussehen, so ausgewrungen, wie ich mich fühlte!

Max wurde von Sven gerufen. Ich ging zu Lilli und ihren Freunden. Etienne schäkerte jetzt wieder mit meiner Schwester herum. Ich konnte seinen französischen Akzent nicht ertragen.

Aus der Hütte drang nun fetzige Soulmusik aus den Siebzigern, *Sex machine* – auch eine Platte von Oma. Alles war am Abhotten. Nur ich nicht und Max. Er stand bei Sven und schaute durch das offene Fenster nach draußen, zu mir. Unsere Blicke trafen sich.

Er hatte mir zwei Kinokarten geschenkt – für einen Film nach Wunsch.

Er lächelte. Ich lächelte zurück. Sollte ich mit ihm ins Kino gehen? Erwartete er das? Ich konnte ja auch Babette mitnehmen.

Ich schaute mich um. Ein Taxi fuhr vor die Gartenpforte. Nanu – wer kam denn da mit dem Taxi?

Sven rief: »Guckt mal, da kommt Tobias, der faule Hund!«

»Tobias?«, sagte Helge. »Ich dachte, der ist auf der Silberhochzeitsfeier seiner Eltern?«

»Du meinst wohl 125. Hochszeitsfeier seiner Eltern?«, grölte Sven.

Die Taxitür öffnete sich.

»Ich fass es nicht! Das ist ja gar nicht Tobias, das ist der Pariser!«

Echter Kuss

Er kam durch die Gartenpforte, ging über den Rasen, an den Rosen vorbei: Louis. Ich starrte ihn an – von seinem Anblick gebannt. Er trug ein weißes Hemd, es hing ihm aus der Jeans, hellbraune Flipflops, blonde Sonnensträhnchen in seinem hellbraunen Haar, das ihm wellig auf die Schulter fiel.

Alle um mich herum verstummten, außer den Freunden von Lilli, die immer noch wie wild herumkicherten.

Ich ging auf ihn zu. »Louis?!«

Oder war er eine Erscheinung?

Nein. Er war echt!

»Katja«, sagte er leise.

Mir sackten fast die Beine weg. Louis! Mein *monamour*!

»Vielleicht ist er ja wieder in den falschen Bus gestiegen«, hörte ich Sven sagen und alle lachten.

»Katja, jetzt musst du mir glauben«, sagte Louis und blieb vor mir stehen. Beinahe hätte ich gesagt: Das heißt, du musst mich glauben!

Er hatte ein kleines Päckchen in der Hand und hielt es mir entgegen.

»Bonsoir, mon ami!«, grölte Etienne in die Stille, der mitbekommen hatte, dass es sich bei Louis um einen Landsmann handelte.

Louis ließ sich nicht ablenken. Er legte das kleine Päckchen in meine Hand. Ich stand da und rührte mich nicht.

»Und was …«, stotterte ich, »… was hast du Cécile gestern in der Mail geschrieben?« Mein Herz raste. Aber ich musste es jetzt wissen. Alles!

»Gestern? An Cécile?«

Sag bloß, er konnte sich nicht mehr erinnern?

»Ach so, oui, ich habe sie geschriebt, dass meine Bruder Henri hat etwas ganz doof getan. Und ich habe Cécile um Verzeihung gebittet.«

»Oh Louis«, sagte ich. Mehr konnte ich nicht sagen. Ich glaubte ihm aufs Wort!

»Ich habe noch eine kleine Geschenk für du«, flüsterte er.

»Für dich«, flüsterte ich zurück.

»Oh, du hast auch ein Geschenk für mir?«

Ich merkte, dass er es extra machte. Schien wohl die Personalpronomen gelernt zu haben. Er schmunzelte mich schelmisch an, als warte er auf die nächste Verbesserung.

»Bist du mit dem Flugzeug deines Onkels hier?«

Er lachte. »Ja, es ist geparkt an die Kurve da!« Er zeigte Richtung Nachbargarten.

»Du bist ein Spinner!«

»Ja, das war ein Witz. Der Flugzeug ist auf dem *Aéroport* Münster-Osnabrück. Und das ist nicht mein Onkels Flugzeug, aber eine große Airbus 320, weiß und blaue Flügel.«

Ich schüttelte meinen Kopf, weil ich es nicht glauben konnte. Louis stand vor mir, keine zwanzig Zentimeter entfernt. Ich konnte sein Aftershave riechen – oder war es französisches Parfüm?

»Katja ...«

Wie zärtlich er meinen Namen aussprach!

»Herzlichen Glückwunsch zum Geburtstag«, sagte ich und gab ihm die Hand.

»Joyeux anniversaire!«, sagte er und küsste mich erst links, dann rechts und dann noch mal links auf die Wange, sehr nah an den Mundwinkeln. Ich schloss die Augen. Als ich sie wieder öffnete, standen wir immer noch da, dicht voreinander. Da war er also den ganzen Weg von Tours nach Osnabrück gekommen, WEGEN MIR! Mein kleiner süßer Maulwurf!

Sven kam und legte Louis die Hand auf die Schulter und sagte: »Nichts für ungut, wegen dem Pariser.«

»Was ist ungut?«, fragte Louis und alle versuchten, ihm die Redewendung zu erklären.

»Nicht dass er noch zu Hause erzählt, bei uns gäbe es ungute Pariser.« Sven lachte am lautesten über seinen Scherz. Ich hoffte, dass sich das ganze Pariser-Getue jetzt endlich ausgescherzt hatte. Ich schaute in die Runde, ob ich Max entdeckte, aber ich sah ihn nicht. Stattdessen fiel mein Blick auf Cécile draußen am Gartentor.

Es dauerte ein bisschen, bis mein Gehirn wieder arbeitete.

»Cécile?«

Louis drehte sich um. Cécile kam in den Garten. Ich dachte ich sehe nicht richtig, sie trug ihr sexy Himbeertop.

»Katja, ich muss mit dir reden.«

Mein Herz setzte aus. Was wollte sie mir sagen? Jetzt

hatte sie Louis erkannt. Ihr Mund sprang auf, ihr Gesicht wurde erst rot, dann weiß. Sie sah ihn an, als sei er ein Phantom.

»Bonjour«, sagte sie und streckte ihm die Hand hin.

»Bonsoir«, sagte Louis. Keine Küsschen.

Cécile ließ ihn stehen und sagte zu mir: »Kann ich dich kurz allein sprechen?«

Wir gingen ins Gartenhaus, setzten uns. Ich hatte sehr weiche Beine.

»Das ist ja wirklich eine tolle Überraschung, dass er hier ist.«

»Ja«, sagte ich. »Ich kann es noch gar nicht glauben.«

»Und ich bin gekommen, weil ich ja gestern schon klarstellen wollte, dass diese Liebesmail …«, ihre Stimme wurde leiser. »… leider nicht an mich gerichtet und auch nicht von Louis war, sondern von seinem kleinen Bruder. Aber das weißt du inzwischen wahrscheinlich schon. Ich muss das jedenfalls loswerden. Auch wenn ich nie so doll verknallt in ihn war wie du, aber es war wunderschön, so einen Liebesbrief zu bekommen.« Cécile holte tief Luft. Ich auch. Es stimmte also!

»Bobo hat mich gestern gedrängt, es dir zu sagen, denn wir haben ja gesehen, wie schlecht es dir ging. Aber dann bist du einfach abgehauen und ich konnte es dir nicht sagen … und heute dachte ich, was für ein trüber Geburtstag, wenn du immer noch denkst …«

Ich wollte nichts mehr hören. Mir fielen sämtliche Steine vom Herzen, nur Cécile tat mir jetzt leid. Sie stand auf und zupfte ihr Top zurecht. Ich stand auch auf und umarmte sie.

»Du bist echt mutig«, sagte ich. »Danke!«

Sie wischte sich Tränen ab und ich schnäuzte mich in eine Serviette.

»Dann gehe ich jetzt mal«, sagte Cécile.

»Quatsch, du bleibst hier. Ich lad dich zu meinem Geburtstag ein.« Ich gab ihr die Hand. Sie lachte. »Aber ich habe doch gar kein Geschenk!«

»Du kannst mir ja ein paar Stunden Französisch-Nachhilfe geben.«

Max kam rein und ging zum Bowletopf.

»Na, da ist jetzt aber eine glücklich, was?«, sagte er, ohne mich anzugucken.

»Zwei, nehme ich an«, sagte Cécile und deutete auf Louis, der draußen mit Babette stand. »Der auch.«

»Toll, dass du da bist!«, sagte Max zu Cécile und forderte sie zum Tanzen auf, guckte mich dabei trotzig an, als würde er sagen: okay, dann eben nicht!

Einerseits war ich froh, andererseits gab es mir auch einen kleinen Stich, als ich sah, wie schön die beiden zusammen tanzten. Vielleicht wäre es besser gewesen, Max hätte am Berliner-Weiße-Abend gleich Cécile geküsst. Aber ich bereute nichts!

Ich ging zu Babette und Louis. Sie redeten gerade über ihre kleinen doofen Brüder.

»Also das hat mich wirklich stutzig gemacht«, sagte Babette. »Als du das von deinem Bruder Henri geschrieben hast. Ich habe auch so ein kleines Monster zu Hause. So was kann man sich nicht ausdenken. Das habe ich auch Katja gesagt, aber zu spät. Da warst du wohl schon in deinem Flugzeug.« Sie lachte.

Louis lachte mit, aber ich merkte, dass er nicht alles verstanden hatte, aber das schien ihm egal zu sein, er war froh, erleichtert! Er strahlte.

Max versorgte alle mit Bowle. Er brachte auch Cécile ein Glas, lächelte sie an, sie lächelte zurück, als hätte sie auf diesen Augenblick das ganze Schuljahr über gewartet! Irgendwie passten die beiden echt gut zusammen. Das war mir nur noch nie aufgefallen, weil Cécile bislang immer im Schatten von Bobo stand.

Max brachte auch Louis ein Glas. »Auf Katjas Wohl!«, sagte er und schaute mir fest in die Augen.

Ich konnte nicht anders, ich umarmte ihn. »Du bist ein richtig cooler Kerl, Max«, sagte ich ihm ins Ohr.

Max drückte mich einmal kurz und fest, dann löste er sich aus der Umarmung und hielt mir die Hand hin. »Freunde?«, fragte er.

»Ja«, sagte ich. Und musste schon wieder Tränen runterschlucken.

Und dann ging die Party richtig los. Sven legte *Icke & Er* auf, *Ick brooch keen Hawaii* und Bobo rannte kreischend auf die Tanzfläche. Im Nu war es da voll. Max tanzte nur mit Cécile. Louis und ich blieben an der Tür. Frische Sommerluft streifte mein Gesicht und vor mir stand Louis. Mein Louis. Ich glaubte es immer noch nicht. Er redete ununterbrochen, erklärte mir, wie schlimm für ihn die letzte Woche gewesen war, als er überhaupt nicht mehr wusste, was los war, und dass seine Eltern ihn erst nicht gehen lassen wollten, aber dann konnte er sie doch überzeugen und Steve McQueen hätte ihn dann am Morgen nach Paris gefahren, wo er mit dem nächsten Flugzeug nach Osnabrück geflogen sei.

»Puh!«, machte er. »Und jetzt es ist Zeit für dein Geschenk zu öffnen.«

Ich zog die Schleife auf, wickelte das Papier ab. Etwas Flaches, Rotes kam zum Vorschein.

»Ein iPod!«

»Ja, ich habe dich gesagt, dass ich habe zwei und du keine. Ist das fair?« Er verdrehte die Augen. »Und eine ich hatte verloren in den Garage, nicht im Pferdestall, aber Steve McQueen hat gefunden wieder ...«

Der Park, Steve McQueen – einen Moment sah ich ein Eichhörnchen mit einem iPod durch die Haselnusssträucher flitzen und hörte Cinderella – das weiße Pferd von Mutty – wiehern ...

Da war noch ein Umschlag. Ich öffnete ihn. Meine Finger zitterten. Ich zog einen Gutschein heraus, über ein Flugticket nach Frankreich, für die Ferien.

»Zu dir?«

Er nickte. »Dann kannst du sehen, dass alles was ich habe geredet ist wahr!«

Hmmmmmmmm, diese Augen, diese Lippen, dieser Schelm ...

Ich küsste ihn mitten auf den Mund.

Merci à Anke qui nous a aidés à donner
vie à cette histoire d'amour, en jonglant avec
le français et l'allemande.

dtv junior
dtv girl
Frech, witzig, romantisch ...
NUR €5,95 [D]
Hermien Stellmacher
ALLE STERNE STEHEN AUF LIEBE
ISBN 978-3-423-07606-7
Anna Ludwig
KÜSSE IM GEPÄCK
ISBN 978-3-423-07607-4
Dora Heldt
SIEBENMETER FÜR DIE LIEBE
ISBN 978-3-423-07608-1
Elisabeth Gänger
LIEBE, LASSO, LAGERFEUER
ISBN 978-3-423-07609-8
Dagmar Geisler
SCHUMMELN FÜR DIE LIEBE
ISBN 978-3-423-07610-4
Meike Haas
SOLO FÜR PAULINE
ISBN 978-3-423-07611-1
© Yayo Kawamura
www.dtvgirl.de